# ÓSCAR FLORES LÓPEZ

# MESSI, CERRÁ UN RATO LOS OJOS

I0636851

www.casasolaeditores.com

# MESSI, CERRÁ UN RATO LOS OJOS
## Óscar Flores López

—1ra edición, Casasola Editores 2022 ©
112 p. 5.5 x 8.5 pulgadas
ISBN-13: 978-1-942369-94-3
ISBN-10: 1-942369-94-8

Portada de Knny Reyes
Diseño y diagramación: Casasola Editores
Editado por Óscar Estrada

215 East Hill Rd. Brimfield, MA. 01010
Impreso bajo demanda en Estados Unidos.

Unión Editorial Centroamericana
© Casasola Editores
info@casasolaeditores.com

# ÓSCAR FLORES LÓPEZ

# MESSI, CERRÁ UN RATO LOS OJOS

## DEDICATORIA

A mi Dulcinea Forever, por ese amor que es perfección de hermosura. Sin vos, este libro y otras cosas maravillosas de mi vida no habrían sido posibles. TE AMO

A mis Tres Mosqueteros: Óscar Gabriel, Mauro Pablo y Eli.

A Óscar y Lucrecia, por la bendición de ser su hijo.
A Berthy, José Roberto y El Coti,
tres de mis tesoros.

# BALÓN DE ORO

La de don Ronaldo era la única barbería en Tempiscapa. Cuando se acordaba de encender el rótulo de luces fosforescentes que daba a la calle, que eran dos o tres veces al año, el nombre aparecía incompleto, sin vocales: R_N_ L D_ ´S.

Era un hombre alto, con un cuello larguísimo y ancho, como un tobogán. De las épocas gloriosas del pasado quedaba una dentadura perfecta y seductora, y una lesión en la rodilla derecha que lo hacía cojear.

Como cada sábado, don Ronaldo llegó a las ocho de la mañana. Los dedos gruesos de sus manos se acercaron al candado de la puerta; con la mano izquierda, introdujo la llave en la cerradura; con la otra mano sostuvo el arco de metal. Luego jaló hacia abajo y abrió.

Entre sus obsesiones estaban el orden y la limpieza. Nunca regresaba a casa hasta barrer el último cabello, y todas las tijeras y las navajas, las máquinas y la espuma de afeitar, así como las cremas para mascarillas, quedaban envueltas en toallas blancas adentro de las gavetas.

Las toallas olían a perfume de mujer.

El primer cliente llegó a las nueve. Don Ronaldo estaba en ese momento aplicándole un poco de aceite a una de las butacas. El viejo barbero trabajaba en la butaca del fondo, mientras que Emilio, su asistente, que aún no se asomaba, en la que estaba frente a la entrada de la barbería.

Emilio llegaría casi a las diez, tarde, como siempre, con una nueva excusa.

La barbería comenzó a llenarse a las once. El calor apretaba y don Ronaldo encendió los dos ventiladores con aspas de plástico que colgaban del techo, como dos enormes arañas. La música clásica que emergía de una pequeña radio parecía provocar que todo en la barbería, incluyendo las manecillas de un reloj con el logo del Real Madrid colocado por allí, bostezara.

A la una de la tarde entró un señor pequeño, de poco pelo, pero con una barba blanca, larga y espesa, como uno de los enanos de Blancanieves. Tenía una nariz caricaturesca, los brazos tatuados, la barriga en forma de pera y una mirada orgullosa que la pobreza no había logrado extinguir.

—Buenos días —saludó. Apenas se escucharon sus palabras.

—Buenas —respondió don Ronaldo desde el fondo.

—Deseo un corte.

—Tengo dos clientes. Termino con ellos y lo atiendo. O si no, Emilio, mi asistente.

—Gracias.

—Puede sentarse si gusta a leer el periódico.

Las tijeras, chaz, chaz, cortaron un mechón de la frente del cliente.

El señor de la barba se sentó, cruzó la pierna y abrió el periódico, como de costumbre, en la sección de los deportes.

Sus ojillos se detuvieron en el titular que cruzaba dos páginas: "Barcelona pierde y solo un milagro lo salvará del descenso". Cerró el periódico, lo dobló y lo colocó en una mesita de madera. Suspiró. A su lado, otro cliente —con un bigote teñido de negro—, observaba cada uno de sus movimientos. Había en él algo que se le hacía parecido.

—Este Barcelona no da una; en lo que ha quedado: a punto de descender —dijo el cliente del bigote teñido.

—Siempre ha sido un equipo de cagados —respondió don Ronaldo, untó espuma de afeitar sobre unas patillas largas y grises. Comenzó a emparejarlas.

El señor de la barba espesa y barriga de pera quiso dar su opinión, pero el hombre que estaba a su lado se le adelantó: "Cagados hemos dejado siempre a tu Real Madrid... ¡Pero a goles!".

Las carcajadas sacudieron la pequeña barbería, como si por la acera acabara de pasar un tren.

—En todo caso, el culpable es Piqué. Barcelona debería contratar otro entrenador. Sabe más Shakira de fútbol, pero a ese lo tienen allí por todo lo que le dio al club en el pasado —soltó Emilio.

—¡Qué culo el de Shakira! —dijo alguien.

Don Ronaldo siguió con la segunda patilla, sin levantar su mirada. Apenas dejó escapar una mueca burlesca. Terminó de emparejar, movió su cabeza a la derecha, luego a la izquierda, para comprobar que ambas patillas quedaban al mismo nivel. Esta vez soltó una sonrisa, pero de satisfacción. Alzó un espejo detrás de la cabeza del cliente y lo giró para que este pudiera contemplar el corte desde todos los ángulos. "Muy bien", dijo el cliente. "Estará mejor cuando haya pagado", bromeó don Ronaldo. Recibió el pago por el corte, se dirigió a una de las gavetas, abrió una bolsa de cuero y guardó el dinero. El señor de la barba espesa, quien también tenía la barriga en forma de pera, lo contempló con cierta curiosidad: su anchísima espalda y el porte erguido de un bailarín de ballet. Los brazos, largos y venosos, musculosos y gruesos, parecían piernas.

—Nadie entiende por qué odiás a la liga española, al fútbol —le dijo Emilio a don Ronaldo.

—No la odio, solo es que la liga española hace mucho dejó de ser lo que era —respondió don Ronaldo.

Un muchacho con anteojos al estilo John Lennon se sentó sobre la butaca.

—¡Claro que es diferente! Ya no están Iniesta, Xavi, Busquets, Puyol… ¿Se me queda alguien? —dijo Emilio, en pose pensativa, mientras los dedos de su mano rastrillaban la barbilla.

—Solo por eso te voy a descontar todas las propinas de hoy —amenazó don Ronaldo. Lo dijo en serio.

—¿Se me olvida alguien? ¿Quién me ayuda? —siguió Emilio. Tocó el hombro del cliente sentado en la butaca para indicarle que ya había terminado de cortarle el pelo. El cliente se puso de pie.

—Emilio, mejor vos me cortás el pelo, porque así con el mal genio que don Ronaldo se carga hoy, capaz me deja con un corte de terror, como el de Bad Bunny —soltó una carcajada el hombre del bigote teñido.

—¡Messi! Oh, claro, se me olvidaba Messi, el mejor jugador de la historia —dijo Emilio. Sacudió la capa negra, imitó el movimiento de un torero y con una reverencia invitó al siguiente cliente para que se sentara en la silla.

El señor de la barba espesa paró las orejas, como un Schnauzer.

—Han pasado como treinta años y uno sigue recordando a ese equipo —comentó alguien.

Don Ronaldo terminó con el segundo cliente y le pidió al señor de la barriga de pera que se acomodara en la butaca. "Solo ordeno las cuentas y lo atiendo", dijo desde el escritorio. Contó el dinero, hizo sumas y restas sobre un cuaderno de papel cuadriculado. Lo cerró. Don Ronaldo se acercó a una esquina, agarró una capa limpia y cuando la levantó dejó al descubierto un trofeo en forma de balón. Regresó a su sitio de trabajo y colocó la capa sobre el pecho y la ajustó alrededor del cuello del cliente.

—Perdón... ¿Es de verdad? —preguntó el cliente. Además de la barba espera y la barriga de pera, tenía pequeños ojos de ratón. O más bien de conejo.

—En Tempiscapa uno ya no sabe qué es de verdad y qué es de mentira. Lo único real es la pobreza.

—Me pasa con frecuencia.

—Umjum.

—¿Es un Balón de Oro, cierto?

—¿Cómo desea el corte?

—A ras, como la grama del Camp Nou. Y la barba...

—¿Qué hay con la barba?

—Estoy decidido a cortármela. Hoy por la mañana tuve una revelación —se la acarició a manera de despedida.

—¿Hace mucho no se corta la barba?

—¡Uffff!

—Se verá más joven.

—Lo dudo; pero si lo lográs, es que sos un mago.

—No sea exagerado… ¿Cuántos años tiene?

—Sesenta y ocho años. ¿Y vos?

—Setenta —dijo el barbero, tijeras en manos, incómodo por el trato confianzudo del cliente. "¿Quién se cree para tratarme de vos?", pensó, pero disimuló su molestia.

Don Ronaldo comenzó a cortar el pelo. El señor de la barriga de pera y barba espesa, cerró los ojos, que ya dijimos eran pequeños, como de ratón, o más bien, de conejo. De no haber sido por el ligero movimiento del pecho, don Ronaldo hubiera pensado que en la silla estaba un cadáver. "Ahora la barba", dijo, unos minutos después. Hizo el respaldar de la silla hacia atrás, y el cliente quedó con el cuerpo extendido, las manos rígidas a un costado y sus pies de niño apuntando hacia el techo. Don Ronaldo untó la espuma de afeitar y comenzó a rasurar el lado izquierdo del rostro. Emilio terminó con el otro cliente. Ya no había nadie más y se sentó a leer el diario.

—Disculpá, viejo, no esperaba encontrarte aquí —dijo de repente el cliente, volviendo a la vida.

—No se mueva —fue la respuesta cortante y fría, como la navaja que tenía en su mano. Sintió en la rodilla el piquetazo de la vieja lesión.

—Ha pasado un siglo.

—No hable, por favor, me hace perder la concentración —la voz le temblaba. Comenzó a sudar. Secó sus manos en el borde de la bata blanca.

—Tantos recuerdos.

—Los recuerdos son eso: recuerdos que ya nadie recuerda.

—¿Pero no me reconocés?

—He conocido a muchísimas personas en mi vida.

—Yo me gané algunos de esos, ¿viste? —dijo.

—Sí, seis… Ahora haga silencio, por favor. Ya casi termino. El cliente dejó de hablar.

—¡Sí, seis! Qué tiempos aquellos…

Fue lo último que dijo. Don Ronaldo infló los pulmones, acercó la navaja al cuello del cliente y en ella vio reflejada, larga y brillante como un espejo que colgaba de la pared, la hermosa sonrisa de su venganza.

# ALIAS EL MARTILLO

---

El oficial tenía las orejas deformes, como dos hongos derretidos por el sol. Alto, de piel roja y barriga gelatinosa, su apariencia era la de un gringo jubilado. Con el puño derecho tocó la puerta de acero.

—Teniente Aceituno —se identificó—. ¡Abran! —ordenó.

La persona del otro lado no contestó, pero introdujo la llave en el cerrojo de la puerta y abrió. El guardia de la llave era igual de feo que el teniente Aceituno, pero tenía las orejas bonitas.

Junto al teniente Aceituno estaba un convicto vestido con un uniforme anaranjado, flojo y abombado. Llevaba puestas zapatillas deportivas blancas marca Nike con lengüetas que parecían burlarse de alguien. No daba la impresión de ser el temible jefe de una pandilla, sino un gracioso personaje de circo. A un metro de distancia había tres guardias con sus manos puestas en escopetas recortadas. Dos llevaban la cabeza cubierta por pasamontañas de lana negra; el otro abría y cerraba la boca mientras masticaba una pelota de chicle con sabor a cardamomo.

—Caminá —dijo el teniente Aceituno. Sacó el tolete de madera que llevaba en la cintura y lo hundió en el riñón derecho del convicto.

—Ayyyyy —soltó un quejido.

— Rápido, rápido —urgió el guardia de la llave. Esperó a que la última sombra de los cinco hombres terminara de cruzar el umbral de la puerta, y la cerró.

El convicto levantó la mirada y se encontró con un largo pasillo, angosto, frío y oscuro, que daba a una celda de la que emergían, como las serpientes de la cabeza de la Medusa, varios brazos que se agitaban con violencia.

—Maldito Barcelona. Campeón de Liga y ahora llega a Anfield con tres a cero de ventaja. No me lo va a creer, mi Teniente, pero creo en el milagro y que el Liverpool eliminará a su equipo... —murmuró de repente el guardia de la llave.

—¿Un milagro? —lo interrumpió con burla el teniente Aceituno. Su mirada estaba oculta debajo de lentes oscuros. Parecía una abeja gigante.

—Sí... O que a Messi le quiebren la única pierna que le sirve.

—Ja, ja, ja, te lo advertí muchísimo antes de que iniciara el torneo —se burló el teniente Aceituno—. El Madrid no estaba entre los favoritos. Se veía venir con la venta de Cristiano. ¿A quién se le ocurre dejar ir a su mejor jugador? Y ahora cruzan los dedos para que pierda el Barcelona. ¡En lo que han quedado!

—Sí, fue un error deshacernos del mejor jugador del mundo.

—El mejor del mundo es Messi —dijo el teniente Aceituno, con seriedad. Hizo girar el tolete en el aire, como la hélice de una avioneta.

—¿Si es el mejor, por qué no lo demuestra en Argentina? Pelé, Maradona, Zidane, Ronaldinho, todos ganaron mundiales. Le falta el Mundial, viejo, ¿viste? —dijo el guardia, imitando el acento de los argentinos.

—Iaquinta y Petit también ganaron un Mundial y... ¿quién se acuerda de ellos?

—¿Quiénes?

—Olvidalo —dijo el teniente Aceituno.

—¡Maldito Barcelona!

—Ja, ja, ja —volvió a reírse el teniente Aceituno.

Los seis hombres comenzaron a caminar por el pasillo. Los grilletes le provocaron al reo un ligero adormecimiento en las manos y los pies, y él se imaginó que eran hormigas coloradas que se movían debajo de la ropa.

—Bueno, bueno, ¿y este angelito quién es? —preguntó de repente el guardia de las llaves. El partido de Champions lo había hecho olvidarse de la dureza de su trabajo.

—El Martillo.

—¿El Martillo?

—Sí. La versión hondureña de Thor, el dios del trueno —se carcajeó el teniente Aceituno.

—Cada vez están más creativos con los apodos.

—Y más sádicos.

—Umjum —hizo el guardia de las llaves.

—Aquí donde lo ves, es el cerebro de las últimas masacres de Tegucigalpa. Los cadáveres de sus víctimas salen en las primeras planas de los periódicos.

—¿Y por qué le llaman El Martillo?

—Hay que leer los periódicos.

—No leo periódicos y solo enciendo la TV cuando hay partidos de Champions. Me informo mejor cuando estoy desinformado. Además, estuve de vacaciones.

El convicto arrastraba los pies con lentitud y en forma de ele por baldosas blancas y negras, como si fuera un tablero de ajedrez. El teniente Aceituno carraspeó y desde la garganta salió disparado un grano de arroz que terminó en la punta de la lengua. Lo escupió al suelo.

"La ficha de alias El Martillo: A Hugo Franklin Orellana Rodríguez se le comprobó su participación directa en el asesinato de treinta y cinco personas: conductores de buses, taxistas, comerciantes, desertores de su propia organización criminal y miembros de la pandilla rival. Es el encargado del narcomenudeo, el sicariato y la extorsión en la zona sur de la capital. Tiene veintiún años, es soltero, se crió con la abuela Carminda y el apodo le proviene porque a sus víctimas les deshace el cráneo a martillazos. Es confeso voluntario de sus crímenes; no tuvimos que torturarlo".

Hubo un pequeño silencio. O un silencio pequeño. Silencio al fin. Y pequeño.

"Me sé sus datos de memoria", se jactó sonriente el teniente Aceituno, con la felicidad de un niño de sexto grado que acaba de recitar las capitales de Europa. Pero la sonrisa apenas duró dos segundos. Se puso serio. A alias El Martillo no le tenía miedo; al Liverpool sí.

—¿De verdad creés en el milagro? —preguntó el teniente Aceituno.

—¿En qué milagro? —dijo, dubitativo, el guardia de las llaves, sin saber de qué le estaban hablando.

—En el milagro que el Liverpool elimine al Barcelona.

—¿Y por qué no? Acuérdese, mi Teniente, del milagro de Roma. Eso es reciente.

—Pero Messi no dejará que eso vuelva a pasar.

—Messi, Messi, Messi… Es lo único que saben decir los barcelonistas.

—El tres a cero es demasiado. Liverpool no está al nivel.

—Lo mismo decían también de la Roma y los eliminó.

El teniente Aceituno y el guardia de la llave siguieron platicando de fútbol y se olvidaron del convicto. Les quedaban varios pasos para llegar a la puerta de la celda, y la oscuridad del pasillo seguía impidiéndole a alias El Martillo distinguir los símbolos que los reos formaban con sus brazos y manos. Los reos trataron de identificar quiénes eran los seis hombres que se acercaban, pero la oscuridad tampoco se los permitió.

—¿Distinguen al que traen? —preguntó alguien dentro de la celda. Hablaba con firmeza, con autoridad.

—No —respondió una voz ronca.

—No —dijo otro.

—Está muy oscuro —coincidieron varios al mismo tiempo.

—Apuesto que viene Aceituno —soltó alias El Siniestro.

—¡Maldito! ¡Aceituno tiene los días contados! —dijo el pandillero que hablaba con firmeza.

El convicto del uniforme naranja llevaba las manos con las palmas hacia arriba, como un devoto en la fila para recibir la hostia. Debajo del cuello del uniforme emergía la cola de un alacrán tatuado con tinta negra, y a tres centímetros de su ojo izquierdo, también tatuadas en tinta negra, dos lágrimas del tamaño de una semilla de tamarindo, que lo hacían llorar en las buenas y en las malas.

El rostro desafiante de El Martillo había aparecido la noche anterior en las pantallas de los televisores, en el noticiario de las siete de la noche. El presentador del programa, un hombre que trataba de cubrir su cabeza de huevo de avestruz con los tres o cuatro cabellos largos que aún le quedaban, dio la última hora con la misma emoción con que se narra un gol: "Capturannnnn en operativo a alias El Martilloooooo, el cerebro de las últimas masacres en Tegucigalpa. Les tendremos los detalles de este contundente golpe a las pandillas, así como toda la información del partido de vuelta entre Liverpool y Barcelona, por la semifinal de la Champions League. ¿Lograrán remontar los de Klopp después del tres a cero en el Nou Camp? ¿Estarán los Reds a la altura? Además, un ingeniero en Sistemas de la Universidad Nacional nos da la fórmula para neutralizar a Messi. Yaaaaa volvemosssssssssss".

Después de la publicidad, el rostro y pecho de El Martillo cubrieron la pantalla de los televisores. Además del alacrán y las dos lágrimas debajo del ojo izquierdo, los televidentes pudieron observar un Cristo agonizante, números romanos y una docena de tumbas. El Martillo era un cementerio andante.

Una calle de tierra roja cruza el barrio en el que El Martillo fue capturado. Sobre la loma de un cerro, las casas son como cajetillas de cigarro de distintos tamaños y colores. Esa tarde, las cámaras de televisión que cubrían el operativo policial captaron a tres perros negros (si hay Tres Reyes Magos y Tres Chiflados y tres tristes tigres, ¿por qué no tres perros negros?), que huían de las pedradas que les lanzaba, con la precisión de un lanzador de béisbol, el dueño de una carnicería.

—Soy albañil, esto es un error —fueron las primeras palabra del El Martillo. Los rayos del sol rebotaron contra sus dientes de oro.

Menos de veinticuatro horas después, El Martillo caminaba en medio de dos hombres que hablaban de fútbol y de tres guardias que no quitaban sus manos de las escopetas recortadas.

—¿Matar te causa placer? —le preguntó el teniente Aceituno a El Martillo.

—(…)

—Te hice una pregunta.

—(…)

—Te hice una pregunta… ¡Respondé! —dijo el teniente Aceituno, y volvió a hundir el tolete en el riñón derecho de El Martillo.

—¡Ay!

—¿Vas a responder sí o no, cabrón? —preguntó el guardia de las llaves; soltó una carcajada. Los otros también se carcajearon. Todos, menos El Martillo.

El convicto no respondió, pero se imaginó que les destrozaba las cabezas al teniente Aceituno y al guardia de las llaves de varios martillazos. El cuerpo comenzó a temblarle de placer, aunque tuvo que repetir la escena otra vez en su mente, porque en la primera escena los sesos y la sangre le salpicaron los tenis blancos. ¡Ahora sí! El Martillo se imaginó que sus dos víctimas se estremecían como epilépticos, y que el alacrán tatuado en su cuello bajaba por su pecho, se deslizaba por sus piernas, caía silenciosamente al suelo e inyectaba su veneno en los brazos del teniente Aceituno. El convicto estaba a punto de soltar una carcajada cuando sintió otro corrientazo en el riñón, esta vez en el izquierdo. ¿Vas a responder sí o no, cabrón? —sonó la voz del guardia de las llaves. El Martillo ya no se movía como el caballo sobre el tablero del pasillo, sino en pasos cortos y verticales, como el peón.

—Sí habrá milagro —dijo El Martillo, recuperado del golpe.

—¿Qué dijiste? —preguntó el teniente Aceituno.

—Que sí habrá milagro.

—¿De qué estás hablando? —volvió a preguntar el teniente Aceituno.

—Liverpool eliminará al Barcelona —respondió El Martillo. Sonrió con placer.

—Ja, ja, ja, ya me estás cayendo bien, muchacho. Se ve que sabe de fútbol —sonó la voz triunfante del guardia de las llaves.

—Este maldito ha venido escuchando nuestra plática —dijo el teniente Aceituno y le soltó varios puñetazos en las costillas; un Mike Tyson debajo de la guardia de Larry Holmes.

—Agggg —hizo El Martillo.

—Tal vez así cambiás tu pronóstico.

—Calma, mi Teniente —dijo el guardia de las llaves.

—Caminá —dijo el teniente Aceituno, y le dio un empujón al convicto.

Ya casi llegaban a la puerta de la celda. Aceleraron los pasos. El teniente Aceituno encendió la luz y sonrió. Aquí les traigo, muchachos —dijo, desenfundando la pistola.

El guardia de las llaves hizo lo mismo; los otros tres guardias no habían despegado sus manos de las escopetas recortadas.

—Atrás, atrás, atrás —gritaron los cinco hombres.

El Martillo le vio la cara a la muerte, pero no tuvo miedo. El guardia de las llaves sacó una navaja y cortó el uniforme anaranjado de alias El Martillo. Entre vellos apareció el alacrán completo, aparecieron las tumbas, apareció el Cristo agonizante, aparecieron los números romanos tatuados en tinta negra. Los que estaban en la celda clavaron sus miradas en los símbolos enemigos tatuados en el pecho de El Martillo.

—Atrás, atrás, atrás —ordenó el teniente Aceituno, sin dejar de apuntar con su pistola, y los reos retrocedieron hasta pegarse contra la pared.

El guardia de la llave abrió la puerta de barrotes de acero y empujó a El Martillo. A escasos metros estaban las manos que lo descuartizarían sin piedad. El Martillo no pidió clemencia y se acordó de su abuela Carminda mientras los ojos rojos de un lobo tatuado en su espalda veían cómo se cerraba la puerta de barrotes. La llave giró tres veces en el cerrojo. Los gritos de sus asesinos fueron los últimos sonidos que El Martillo escuchó en su vida. El teniente Aceituno apagó la luz y la celda quedó otra vez a oscuras.

—Apúremonos, que ya va a comenzar el partido. Lo siento por vos, pero no habrá milagro —dijo el teniente Aceituno.

—Maldito Barcelona —se lamentó el guardia de las llaves.

# EL CAPITÁN LEYENDA

Esto fue hace mucho tiempo, antes de que el nefasto señor Pérez mandara de una patada en el culo a Sergio Ramos hasta París. Viejo taimado y chismoso, el señor Pérez. Nadie se le escapa. Allí dijo que Iker y Raúl son unos estafadores. Pero de eso hablamos otro día.

Aquel domingo, el niño se la pasó toda la mañana con un dilema: ¿le pregunto o no le pregunto a mi papá? Estaba pequeño, pero ya sabía que su casa era un campo minado cada vez que el Real Madrid perdía con el Barcelona.

Así que se anduvo quedito, como ratón en la cocina, hasta que por la tarde, después del almuerzo, agarró valor.

Su papá estaba sentado en un sofá. Lo vio de reojo, de pies a cabeza. La barba pelirroja, los tatuajes en los brazos, una camiseta de Los Laker´s con el número 24 en honor a Kobe, el pantalón corto, sandalias de cuero, las uñas de los pies pintadas en morado, el control remoto en la mano, la tele encendida, sin volumen. Hasta que por fin se atrevió, el nene. Habló.

—Papá.

—¿Qué?

—¿Creés que alguna vez logre atraparlo? —señaló la pantalla del televisor.

—Lo dudo.

—¿Estás seguro?

—Sí —rascó su barba con el control de la tv.

—¿Por qué?

—Es demasiado veloz.

—¡Como Messi!

—(…)

—Papá.

—¿Qué? —impaciente.

—¿Por qué ustedes nunca pueden frenar a Messi?

—(…)

El 10 del Barcelona acababa de colarse en la casa del Capitán Leyenda con la misma facilidad con que entraba al área rival. Solo eso le faltaba, que después de la humillación en el clásico, llegara su propio hijo con semejante pregunta. No era el momento. Nunca lo sería. Sergio Ramos se levantó a la cocina. Abrió la refri. Se agachó, buscó, encontró, porque todo el que busca encuentra. Se escuchó el sonido de psssss —como el aire que se le escapa a un balón—, cuando destapó la botella de cerveza. Regresó a la sala. Se sentó. Comenzó a golpear nerviosamente su rodilla con el control de la tv y de un angustioso sorbo hizo bajar la mitad del líquido por su garganta. La espuma le mojaba la barba. El nene seguía a la espera de la respuesta. El Capitán Leyenda quiso confesarle que llevaba muchos años sin poder responder esa pregunta. Y no solo él: también Roberto Carlos, Pepe, Zidane, Beckham, Florentino Pérez, el viejo taimado del que hablábamos

28

al inicio, la Ultra Sur. Cada entrenador que se paró frente al pizarrón intentó dibujar la fórmula mágica para pararlo, a él, a Lionel Messi. Del Bosque, Capello, Mourinho, Luxemburgo, Anchelotti. Ninguno lo logró.

—Cabezón, tengo un mejor tema —trató de sonreír. Cómo le hubiera gustado que el control de la tv le hubiera servido para apagar por un par de horas a su hijo. Se rió de su propio pensamiento.

—¿Cuál, papá?

—No sé... De cuando dejé al Sevilla para fichar por el Madrid. Apenas tenía diecinueve años. ¡Imaginate!

—Ya me has hablado mil veces de eso.

—Mmmmm...

—Me aburre el tema.

—¿Quérés que te cuente anécdotas de Cristiano Ronaldo? Es tu jugador favorito.

—¡Nah!

—¿Nah?

—¡Nah!

—¿Por qué no? Así le contás a tus amigos que...

—¡Nah! —lo interrumpió—. Mi jugador favorito es Messi.

El Capitán Leyenda pensó en jalarse los pelos de la barba, pero apenas cinco días que había gastado trescientos euros en un nuevo estilo. Desistió de la idea. Tomó lo que quedada de la cerveza. Otra vez la espuma le mojó la barba. Los pequeños ojos del nene esperaban la respuesta. El hombre que hacía añicos la voluntad de sus rivales, que silenciaba estadios repletos de fanáticos hostiles, que manejaba a los árbitros a su antojo, que alzaba copas como si estuviera con sus amigos el viernes en un bar, estaba acorralado. Dudó. Se rascó una ceja. Se rascó la otra. Luego ambas.

—Mirá, papá.

—¿Qué?

—Fijate bien —señaló la inmensa pantalla de TV, que más bien parecía pantalla de cine—: cuando parece que ya lo va a atrapar, se le escapa. No importa lo que haga, jamás podrá con él. Así les pasa a ustedes con Messi.

—(¡...!) —explotó de enojo en su interior, pero logró controlarse.

—Supongamos que yo soy Messi. Vení, papá, te voy a demostrar.

—No, hijo. Estoy cansado —respondió. Aún le parecía ver el enorme marcador electrónico que pispileaba el resultado final del clásico español: Barcelona 5-Real Madrid 0.

—Está bien. Yo seré Sergio Ramos, número 4, cinta de capitán. Poné atención. Este cojín será Messi —tiró el cojin anaranjado sobre el piso de mármol.

"Messi está aquí, y cuando ustedes están cerca de atraparlo, salta, arranca. Tiene las piernas pequeñas, como las de un niño, pero es una bala. Ustedes nunca llegan; nunca. Ni en sueños".

El nene brincó de un lugar a otro, lanzaba el cojín a la derecha, a la izquierda, simulaba barridas, lanzaba patadas de karateca al vacío. La cara del padre se fue poniendo roja hasta incendiarle la barba.

—La única forma de detenerlo es...

—¿Es? —preguntó el Capitán Leyenda, con fastidio.

—Nah, es una locura.

—No, no, dime... ¿Cuál es?

—Nah, olvídalo. Igual ustedes no podrían. A Messi solo el tiempo podrá detenerlo. O quizás, quien sabe, algún día vos y él terminarán jugando juntos en el PSG y ya no tendrás ese problema.

Los rayos del sol se colaban por los enormes ventanales de la mansión de la familia Ramos-Rubio. El Capitán Leyenda fue por otra cerveza. Avanzó hacia la cocina, pero supo que el asunto con el nene aún no había concluido. "Con algo más saldrá" —pensó. Lo podía apostar. Mil cosas pasaban por la cabeza del Capitán Leyenda. "Messi tiene las piernas pequeñas, como las de un niño", repitió. "¿Juntos en el PSG? ¡Qué asco!". Desde la cocina, fija su mirada en la pantalla del televisor, siguió a los dos personajes que corrían envueltos en una nube de polvo; destapó la botella. No pudo evitar las comparaciones. El que iba adelante era Messi. El que iba atrás, los ojos vidriosos, la lengua de fuera, las piernas hechas una goma de mascar, era él. El asunto le quedaba claro. Y en eso volvió a escuchar la voz de su hijo.

—¿Papá?

—¿Qué? —gritó, mientras soltaba la botella de cerveza.

—¿Qué significa ACME?

La botella estalló en mil pedazos después de estrellarse contra el suelo.

# AYER LLEGÓ EL CIRCO

Bernardo lo quedó viendo con aquellas dos lunas llenas que eran sus ojos, y que luego iban disminuyendo a cuarto menguante. Algo le hizo sospechar que había llegado el momento de la despedida y le salieron tres o cuatro lágrimas enormes, mientras el público se carcajeaba con el espectáculo de los payasos.

A unos metros estaba la jaula con tres leones viejos, pero hambrientos. Las moscas volaban alrededor de pequeños trozos de carne. Una de las fieras rugía; la otra disparaba un poderoso chorro de meados que les revolvió el estómago a las personas que pasaban por el pasillo de la sección de animales. El tercero daba la impresión de estar disecado.

—Has sido un buen amigo —dijo el muchacho, incapaz de sostenerle la mirada. Él también lloraba.

—Perdoname, perdoname por traicionarte. No lo merecés, amigo, pero no me queda otra alternativa —volvió a hablar el muchacho. Trató de ocultar su vergüenza debajo de la visera de una gorra del Boca Juniors.

(Bernardo seguía inmóvil, sin soltar un solo sonido).

—No me veás así, por favor, Ber. Te lo juro que me duele en el alma —agachó la cabeza. Las manos comenzaron a temblarle.

(Bernardo continuaba en silencio).

—Pasamos tantas cosas juntos. Estuvimos en las buenas y en las malas, leales. Jamás pensé que el final iba a ser de esta manera...

El muchacho extrajo el puñal del fondo de un morral de cuero. Lo acercó al cuello de Bernardo. Ambos cerraron los ojos... Los payasos, indiferentes a la tragedia que estaba a punto de ocurrir, contaban chistes de los fracasos mundialistas de Lionel Messi.

Con el circo, las desgracias llegaban cada año a Tempiscapa. Desde el púlpito, el padre Evelio predicaba que las sequías, las elecciones a la alcaldía, las inundaciones, la caída de los precios del café en el mercado internacional, la plaga del gorgojo, las muertes por dengue, eran mensajes divinos para castigar la pecaminosidad del pueblo.

El padre Evelio odiaba al circo.

"Queridos hermanos: como todos ustedes ya saben, porque es imposible no enterarse de semejante inmoralidad, la ramera de Babilonia ha extendido una vez más sus carpas del averno en nuestro amado Tempiscapa. Se burlan de nuestro Señor con sus shows de poca monta, con sus números de vulgaridad, irrespeto, patanería y bajeza. Y no lo digo porque me hayan personificado como un amanerado, sino por otras cosas mucho más graves. ¿Qué vecino de Tempiscapa no recuerda la osadía que tuvo esta imitación barata de circo al presentar una hora dizque exclusiva para adultos, en el que dos mujeres se acariciaban los senos y frotaban mutuamente sus lenguas? Veo en ustedes, mis queridas ovejitas del Señor, la misma expresión de asco y rechazo que yo tuve en ese momento. Por desgracia, hay otras ovejitas que escaparon del redil y se descarriaron, y participan en esa orgía de carcajadas que nos hace recordar la vida desenfrenada de Sodoma y Gomorra. A estos hijos del mismísimo demonio no les ha importado despertar la ira de nuestro gran Dios. Solo aquel que es tonto no quiere aceptar que todas las calamidades que cayeron sobre nuestro humilde Tempiscapa en los últimos años fueron provocados por el circo de los Hermanos Kattán. Y lo digo sin miedo, porque la verdad y la decencia están de nuestro lado. Seamos apóstoles de nuestro Padre misericordioso y señalemos a todo aquel que fomenta sinvergüenzadas. Nuestras palabras tienen poder; recuerden que fuimos nosotros los que denunciamos a aquellos comunistas que querían adoctrinar a nuestro pueblo con ideas extrañas, y que gracias a esa valiente denuncia fueron capturados y ahorcados por los heroicos miembros de nuestro Ejército. Y ahora que menciono la palabra miembros, se me viene a la cabeza uno de los espectáculos más grotescos y más inmorales del circo: la de aquel negro, promocionado como originario del continente africano, y que luego se supo que era de la costa norte hondureña, que era presentado como el hombre con el miembro más grande del mundo. ¡Algo asqueroso! Imagínense a lo que hemos llegado, hermanitos míos. Yo mismo me disfracé para entrar de incógnito a ese bochornoso espectáculo, no para medir el calibre de su miembro, como algunos malvados insinúan, sino para comprobar hasta dónde eran capaces de llegar esos pecadores. Y aquí el tema no es que el negro nació con una anaconda en medio de las piernas, je, je, je, sino los males que ese circo trae cada año a Tempiscapa. Queridos angelitos míos, hagamos dos de las cosas que más agradan a Dios: oremos para que se lleve cuanto antes al circo de los Hermanos Kattán de Tempiscapa; y ofrezcamos nuestras ofendas. Pero recuerden que Dios recompensa la ofrenda que hace ruido, pero premia aún más la que cae en silencio en el fondo del bolso como si fuera una hoja".

El circo llegó este año a finales de octubre, con mes y medio de retraso por culpa de las lluvias. El muchacho pateaba piedras a la orilla de la vía del ferrocarril, cuando vio doblar la caravana de vagones de madera por la esquina del parque. Esa noche tuvo una pesadilla en la que se vio con las manos manchadas con la sangre de Bernardo.

El muchacho presintió de inmediato que algo malo iba a ocurrir. Un escalofrío le recorrió el cuerpo hasta engarrotarle los dedos de los pies, y él dejó de imaginarse que las piedras que pateaba eran balones que mandaba al fondo de la portería en la final entre Olimpia y Motagua; o que los fantasmas de carne y hueso con ropas salpicadas por el veneno que pasaban cerca con racimos de bananos verdes sobre sus espaldas, eran alegres fanáticos que celebraban sus hazañas.

...Cayó la noche sobre Tempiscapa.

Una noche sin estrellas.

Una noche fría, también; el viento inflaba y desinflaba, como el saco vocal de un sapo, la carpa del circo.

Llegó la mañana. Y después la tarde.

Mientras caminaban hacia el circo, el muchacho quiso revelarle a Bernardo la verdad: que iba a entregarlo por unas miserables monedas, pero la vergüenza lo detuvo.

—Mañana es el día —había dicho la noche anterior el papá del muchacho, mientras la familia cenaba.

—No quiero ir. Mandá a otro —respondió el muchacho. Ya no quiso comer y alejó el plato.

—No. Sos la única persona de la que Bernardo jamás sospecharía.

—No.

—Ya está decidido.

—¿Por qué tiene que ser en el circo?

—Es lo mejor.

—¿A qué hora? —comenzó a sollozar.

—En la función de las tres de la tarde… Cuando hay más gente.

—¿Y luego? —seguía sollozando. Agachó la cabeza y vio su rostro reflejado en la sopa.

—¿Y luego? Pues inicia la función de las cinco —la voz burlona del padre.

—¡Papá!

—Lo entregás, recibís el pago y me lo llevás a la cantina. En este mundo, al que no sirve se le pega un tiro.

Al día siguiente, a las dos y media de la tarde, Bernardo y el muchacho caminaron debajo de un cielo limpio. En su último día de vida, los ojos de Bernardo contemplaron un paisaje puro, hermoso.

De la iglesia salían las palabras del padre Evelio, y por la acera caminaba una señora vestida de negro a la que se le hizo tarde para llegar a puntual a la misa. Las manos del sacerdote agarraron con fuerza el borde del púlpito.

"Queridos hermanitos en la fe: imagínense hasta dónde ha llegado ese prostíbulo disfrazado de circo. Esta es una denuncia muy seria que revela que en Tempiscapa nadie está a salvo. A este paso, nos quedaremos sin hombres, sin mujeres y hasta sin animales. Ya no es ninguna novedad que ese antro mal llamado circo de los Hermanos Kattán atraiga vicios de todos los tamaños y sabores, ante la paciencia sospechosa del señor alcalde. Y digo sospechosa, queridas ovejitas, porque cada vez que el circo llega a Tempiscapa, a los pocos días, el alcalde y sus regidores compran tierras, vehículos y arman fiestones en los que corren ríos de licores, un Sodoma y Gomorra de mujeres, de drogas y sepan ustedes qué otras cosas, porque esos demonios no conocen los límites. ¿Y cómo ocurre eso? ¡Por los sobornos que las autoridades de este bello pueblo reciben por autorizar los desmanes de aquellos que atentan contra nuestras buenas costumbres!".

El muchacho y Bernardo pasaron frente a la iglesia en el instante en que el padre Evelio hacía un alto en su discurso para deleitarse con los murmullos, exclamaciones y aplausos que su discurso provocaba entre la feligresía. Tomó un poco de agua para aclarar la garganta, mientras sus pequeños ojos se detenían en las dos figuras que pasaban frente a la iglesia.

—Hay que meterle fuego a ese circo —rugió un hombre que alzaba sus puños.

—¡Sí! —contestó a coro la multitud.

—Hermanitos míos, calma, calma —el padre Evelio extendió los brazos, como queriendo abarcar en un enorme abrazo a todas las bancas—: entiendo su ira. El propio Jesucristo, el hombre más pacífico de la historia, sacó a latigazos a los vendedores del templo.

—¡Saquemos a esos inmorales a pedradas! —el coro sacudió los vitrales de la iglesia.

El muchacho y Bernardo doblaron la esquina y entraron en un laberinto de pequeñas calles de tierra y casas de madera con patios en las que colgaba la ropa como insectos de colores. Al final, a pocos metros de un precipicio, estaba el circo de los Hermanos Kattán. El muchacho desaceleró el paso para atrasar la entrega por la que recibirá, por entregar a Bernardo, un puñado de pesos. Al sur, a un par de cuadras de distancia, el papá del muchacho, le preguntaba la hora a la mesera del bar; al norte, a tres cuadras de distancia, el padre Evelio concluía su sermón: "Hermanitos queridos, ovejitas asustadas de Tempiscapa; los malandros de ese lupanar de carpa blanca y rojo, aprovechándose de la miseria y ambición de algunos de los vecinos del pueblo, pagan por nuestros animales, cuyas carnes sirven para alimentar a los leones. Hace apenas unos minutos pasó Tuto, el hijo de ese hombre perverso de don Calixto Turcios, y de doña Francisca Romero, una alma de Dios, y junto a él iba su viejo burro, me refiero a un burro de verdad, y no al burro de Calixto Turcios. Con toda seguridad lo llevaba a vender al circo. ¡Pobre animalito! ¿Qué diría Francisco de Asís, aquel santo que le predicaba a las bestias de los bosques?".

El muchacho extrajo el puñal, lo aceró al cuello, cortó el lazo y contó dos veces los billetes arrugados que le entregó uno de los hermanos Kattán a cambio de Bernardo. "Solo es un burro", le dijo el cirquero. El muchacho le pidió perdón a Bernardo, acarició sus orejas y se largó. Iba cerca de la salida del circo cuando, en medio de los aplausos, escuchó un disparo.

Afuera, un hombre con voz chillona anunciaba que quedaban pocos boletos para la función de las cinco de la tarde.

# EL FLAQUITO AGUILAR

El hombre que iban a asesinar era enorme, con unas manos como las pisadas del Pie Grande. Visto por la espalda, era un iceberg que comenzaba a hundirse hacia su derecha. Estaba sentado en la esquina más oscura del bar, frente a una mesa cubierta por un mantel blanco agujereado por la brasa de cigarrillos.

Uno de los sicarios quedó en la motocicleta, el motor encendido y los focos apagados, las manos sobre el acelerador, listo para huir en velocidad en caso de ser necesario. El Flaquito Aguilar se bajó. Jaloneó la visera de la gorra para ocultar su rostro y con el primer paso sintió en la pelvis la dureza de la 9 milímetros. "Tranquila, Muñeca", dijo, acariciando la cacha de la pistola.

Aunque le apodaban El Flaquito, también le hubieran podido decir El Mantis. Pero desde pequeño le apodaron El Flaquito y así se quedó para siempre.

Y allí lo teníamos, al Flaquito Aguilar, a punto de subir a la acera, mientras hacía sumatorias mentales del número de personas que había despachado a la tumba. "Treinta y tres", hizo la suma. Se detuvo. Volvió a contar. "Treinta y cuatro...

Y con el tipo este serán treinta y cinco". Era su cábala: contar las víctimas, como una devota que reza a sus santos. Subió la acera. Le dio un puntapié a una chapa de botella de cerveza, siguió caminando. Se detuvo debajo de un letrero de cigarrillos. Abrió la puerta. Entró.

Cuando cerró la puerta, mil sonidos apretujados pasaron como rafagazos a centímetros de sus oídos: "¡Goooolllll de Honduras! ¡Carlos Pavón, sí señorrrrrr!". El pequeño establecimiento retumbó, mientras los parroquianos, la mayoría vestidos con camisetas azul y blanco, saltaban, lloraban. Hasta hace poco eran desconocidos, pero ahora se abrazaban como viejos amigos. Uno de los meseros cayó de rodillas, alzó los brazos al cielo, y con lágrimas que le salpicaban el delantal, dio gracias a Dios. "Bendito seas, Padre Celestial".

El hombre de las manos enormes había tomado tanta cerveza, que trató de ponerse de pie, pero la borrachera se lo impidió. En ese momento, la persona más sobria en el lugar —sin contar al Flaquito Aguilar—, recordó en voz alta que la Selección Nacional de Honduras aún no estaba clasificada al Mundial y que el partido más importante lo daban en otro canal. Pongan el juego de los gringos contra los ticos, pongan el juego de los gringos contra los ticos —suplicó, y de repente hubo un silencio aplastante. El de los gringos, pongan el juego de los gringos —estalló de repente el grito colectivo.

—Este relajo complica las cosas —pensó el Flaquito Aguilar, con su manía de hablar solo.

—¿Por qué? —preguntó otra de sus voces.

—¿Te parece poco? —se respondió el Flaquito Aguilar.

—Yo que vos me acerco, aprovecho este relajo, y…

—¿Y? —se preguntó el Flaquito Aguilar.

—Lo quiebro a balazos.

—Es mejor esperar un rato —pidió el Flaquito Aguilar.

—¿Esperar? ¿Me vas a decir que el famoso Flaquito Aguilar tiene miedo?

—¿Miedo? Ja, ja, ja —se rió el Flaquito Aguilar.

—Shhhsss, silencio, dejá de murmurar —ordenó el Flaquito Aguilar, callando a su propia voz.

—Perdón —se disculpó.

El dueño del bar colocó dos botellas de aguardiente sobre la barra. Luego tomó el control remoto, lo dirigió hacia el televisor que colgaba de la pared, y apretó la tecla número cinco, pero no sucedió nada. Desde una de las mesas le llegó un reclamo: ¡Por el amor de Dios, poné el partido de los gringos! El dueño del bar apretó la tecla con mayor fuerza, pero en la pantalla seguía el partido entre Honduras y El Salvador. Un borracho dominó el derretimiento que sentía en las piernas, se puso de pie, y con sus manos revoloteando como mariposas, amenazó al dueño del bar.

—Pone el de los gringos, hijueputa, que si Costa Rica gana en nada estamos —dijo.

El Flaquito Aguilar metió su mano derecha debajo de la camisa, tocó la  pistola con la punta de sus dedos y la apretó con fuerza. Su único interés era cumplir el encargo de su jefe: "Llená de plomo a ese viejo que se hace el loco para no pagar el impuesto de guerra. Que quede claro que con nosotros no se juega".

El Spider le dio la orden el día que lo fue a visitar a la penitenciaría nacional. Aunque el Flaquito Aguilar era el sicario más confiable, su jefe presentía que el nacimiento del primer hijo comenzaba a ablandar al Flaquito Aguilar.

—Hommie, ¿se siente con los huevos bien puestos para tronarse a aquel vato de la ruta de buses Los Pinos-Mercado o perdió temple desde que nació su bicho?

El Flaquito Aguilar sonrió con desdén. Sin quitarle la vista de encima al Spider, le pidió más datos del transportista al que tenía que asesinar. Así me gusta, mi Flaquito, que no se me cague, usted es el mero gallo para jalarle al cuete, la neta que yo sabía que no se me iba a pandear con el encargo. Y después de esas palabras, El Spider le entregó una fotografía del encargo y abrazó al Flaquito Aguilar.

El nacimiento de Santiago de Jesús había cambiado al Flaquito Aguilar. Ahora deseaba estar temprano en casa. Ya no se quedaba en el billar después de asesinar, ni se iba a hacerles el amor a las muchachas de la pandilla en aquel cuartucho al final de un callejón pintarrajeado con números romanos y los alias de los compinches muertos.

Varias veces tuvo discusiones con La Negra, su mujer, pues ella lo obligaba a bañarse y a limpiarse las manos con alcohol cada vez que regresaba de la calle. Pero si llegaba después de la medianoche y el bebé estaba dormido, el Flaquito Aguilar tenía prohibido acercarse porque le era imposible controlar a las voces de su propio yo que le preguntaban a Santiago de Jesús "¿Cómo está la cosa más bella de este mundo?", "Ya llegó su papá para chinearlo", "¿Le hice falta a este jodidito?", "Usted será sicario, igual a su tata, pa´ que lo respeten". La Negra trataba de callar las distintas voces del Flaquito Aguilar, y así comenzaba un nuevo pleito con insultos y amenazas.

Pero El Flaquito Aguilar no estaba en casa; seguía en el bar, a pocos metros de su próxima víctima.

Cuando el dueño sintonizó por fin el canal en el que pasaban el juego entre Estados Unidos y Costa Rica, muchos de los parroquianos estaban desplomados sobre las sillas, los ojos vidriosos y en blanco, murmurando incoherencias. El transportista seguía con dificultades para ponerse de pie; sin embargo, lo logró después de varios intentos. El Flaquito Aguilar se acercó a la puerta a la espera del momento indicado para disparar su pistola.

La Muñeca, como le llamaba.

El hombre enorme caminó con tanta lentitud, que parecía que iba de retroceso. El Flaquito Aguilar se impacientó y se imaginó que la pistola sudaba de los nervios. Así de absurdos eran sus pensamientos.

—¿Por qué no te acercás y lo matás ya? —preguntó una de las voces del Flaquito Aguilar.

—Entre más cerca de la puerta es mejor; así se nos hace fácil escapar —explicó otra de las voces.

—¡Correcto! —asintió el Flaquito Aguilar, respondiendo a sus propios pensamientos.

—Bien dice El Spider que te has ablandado —dijo la primera voz, la que había iniciado la conversación.

—¿Eso dijo El Spider?

—Bueno, no lo dijo, pero seguro que lo piensa.

—Mejor cerrá el hocico antes de que te llene de plomo.

Todo eso ocurría mientras los gringos, ya clasificados para el Mundial 2010, picados, nunca se sabrá por cuál mosca, arrinconaron a Costa Rica hasta que en un tiro de esquina hicieron el gol del empate. "Vamos pal Mundial, vamos pal Mundial", comenzaron a gritar los histéricos aficionados hondureños.

El momento había llegado.

El Flaquito Aguilar se acercó a su víctima, pero esta lo

abrazó y lo empezó a sacudir. "Vamos al Mundial, hermano, vamos al Mundial", gritó el hombre inmenso, descargando su aliento a cerveza sobre el rostro de quien en tres, dos, un segundo... ¡Bam, bam, bam, bam, bam, bam!, le dejaría ir seis balazos.

El hombre inmenso apretó al Flaquito Aguilar por la cintura, y todos creyeron que los disparos eran petardos. "¿Así que te mandaron a asesinarme?", preguntó, los ojos lagrimosos, la boca llenos de espuma rojiza, mientras se desplomaba sobre un sofá verde. Allí quedó sentado, como pensativo, los ojos a medio cerrar. Así saldría al día siguiente en una esquina de la portada de *El Heraldo*, debajo de una fotografía en la que los jugadores hondureños festejaban la clasificación al Mundial. "Asesinan a conocido dirigente del transporte en un bar de la colonia Los Pinos", señalaba el pequeño encabezado.

Pero algunas horas antes de que el periódico llegara a manos de El Spider, El Flaquito Aguilar abrió la puerta de la cantina, subió a una de las motocicletas y gritó "Arrancá, arrancá, que ya maté a ese viejo cabrón".

Y allí los vemos al Flaquito Aguilar, con La Muñeca en su mano derecha, ve para todos lados, a la derecha, a la izquierda, para atrás, No sea que nos vengan persiguiendo esos chepos de mierda, tené cuidado, no sea que se nos cruce un carro.

Se baja frente a su casa. Abre la puerta, entra rápido. La Negra lo espera.

—¿Viste el partido? Vamos al Mundial —le dice ella, feliz.

El Flaquito Aguilar lanza la gorra al sofá, se quita los zapatos. Pregunta por su hijo.

—Mierda —dice, cuando La Negra le cuenta que se durmió temprano, y le advierte que debe darse un duchazo antes de entrar al cuarto a verlo. Esta vez haré una excepción, por el triunfo de la Selección.

—Ni tosió ese viejo de los plomazos que le di —dice el Flaquito Aguilar debajo del chorro de agua.

—Es que sos el mejor —se jacta una de sus voces.

—Bam, bam, bam, bam, bam —cinco plomazos continúa hablando solo.

—Seis, querrás decir —corrige el Flaquito Aguilar.

—Sí, sí, seis —responde otra de sus voces.

—Solo me preocupa una cosa.

—¿Qué cosa? —pregunta el Flaquito Aguilar.

—Eso que anda diciendo El Spider, de que quizás te has ablandado.

—¡Coma mierda ese! —dice otra de las voces.

—Sí, que coma mierda —responden varias voces de El Flaquito Aguilar.

—Silencio, van a despertar al niño —ordena El Flaquito Aguilar.

—¿Y qué haremos con El Spider?

—¿Con el Spider? Eso déjenmelo a mí, muchachos. Con él serán treinta y cinco.

—Treinta y seis —corrige otra de las voces.

—Sí, sí, treinta y seis.

—Es que a esta altura como que uno va perdiendo la cuenta —cierra los ojos y siente el agua caliente que baja por su espalda.

# EL MUÑECO
# EN EL MADISON SQUARE GARDEN

*Al otro Muñeco,*
*Miguel González,*
*campeón del pueblo*

Maldito mexicano. Pega durísimo. Tiene una almádana en cada guante. Con razón le dicen Dinamita. Voy a boxearlo, a usar la distancia, luego entraré con el *one two*, papac, *one two*, papac, me muevo, bailo sobre la punta de los pies, lanzo el *jab*, pac, remato con el cruzado, pac. No puedo dejar de moverme; si me agarra con su derecha me manda a contar cangrejitos rosados a la playa de Corozal.

—¡Muñeco, Muñeco, poné atención! ¿En qué estás pensando? Despertá, muchacho —las manos del entrenador mueven la toalla manchada con sangre, como si quisiera apagar un fuego, a pocos centímetros de la nariz del Muñeco.

—En la playa de Corozal —sonríe apenado el Muñeco. Se inclina y dispara un escupitajo pintado de rojo que cae adentro de una cubeta de plástico.

El entrenador trata de reanimarlo con un trozo de hielo sobre la nuca. Lo masajea. Van al último round. El ojo izquierdo del Muñeco es un globo de carne a punto de estallar. Apenas ve. Alguien se acerca a su oído y le grita: bailalo, no te pongás al tú por tú, al dame que te doy. Vas adelante en las tarjetas. Haceme caso, movete, movete, movete, hacelo por tu familia, por tus hijos, por tu madre, por Honduras, y nos llevamos este título hasta Corozal.

—Por Corozal —vuelve a repetir el hombre encargado de las cortadas.

En medio de la batalla de su vida, a pocos segundos de jugársela en el último round, el Muñeco recuerda fugazmente aquellas tardes en Corozal, bajo un sol que le clavaba las uñas en su espalda, mientras él cerraba los ojos para sentir el suave baile de la lancha sobre las olas del mar.

Vuelve a la realidad y pasa la lengua por los pezones de la gloria. Escucha los gritos del público, ve su nariz achatada en las pantallas gigantes del Madison Square Garden, de reojo se fija morbosamente en la chica de bikini rojo que levanta el cartel en el que anuncia el round doce. "Solo me quedan tres minutos para coronarme" —piensa El Muñeco, y vuelve a sonreír. Su sonrisa es tan brillante como el cinturón de campeón del peso mediano del Consejo Mundial de Boxeo.

Se pone de pie. En su pelo afro quedan algunas gotas de sudor. A estas alturas de la pelea, después de once violentos rounds, le duele tanto todo, que no siente nada. Pero ha subido al cuadrilátero con la promesa de morir antes de permitir el triunfo de su rival, El Dinamita, sólido, con su bigotito de Cantinflas, campeón invicto, el labio roto por los golpes del Muñeco, la nariz como una llave en un interminable goteo de sangre.

El Muñeco y Dinamita chocan los guantes en el centro del cuadrilátero. Aunque se quieren arrancar la cabeza, se respetan. Ambos caminan de retroceso a sus esquinas. "Acordate, Muñequito, tenés que bailarlo. Este lugar está que revienta de mexicanos, Dinamita es el local, como si estuviera en el DF y lo empujarán a que busque el knockout" —otra vez las palabras de su entrenador.

El Muñeco se aleja de la esquina y ya no escucha nada de lo que le gritan.

Entro y salgo, *one two*, papac, me muevo, la lona es una ola de mar y mis zapatillas son dos lanchas que se mueven con rapidez, me alejo, uso la distancia, mirá mis brazos, mexicanito, son largos, tomá, ja, justo en la barbilla. ¿Te dolió? Claro que te dolió... ¡Soy El Muñeco! Tengo dos huevos del tamaño de tu Estadio Azteca. No soy cagón. Mañana regreso a Corozal como campeón. Se lo prometí a mi madre, a mi hija, a mi pueblo. ¿Así que para vos esto es de vida o muerte? No me hagás reír, yo sí sé lo que es la muerte, morí muchas veces de hambre, morí de desvelo, morí de desesperación, yo agonicé en el callejón sin salida de la miseria. Estuve muerto de frío... Morí de dolor al ver las várices a punto de estallar en las piernas de mi madre, gusanos que fueron creciendo con los años, los tobillos hinchados por la edad y el cansancio, los pellejos colgantes de sus brazos, sus manos arrugadas y temblorosas, mientras planchaba la ropa de las familias ricas de Corozal. Todas las noches moría, pero a la mañana siguiente resucitaba. ¡Soy inmortal, hijo de puta!

Tus golpes duelen, Dinamita, pero no me matan. Uf, ese derechazo sí lo sentí; tendré que sacudir la cabeza para quitarme el dolor de encima. Estás angustiado, desesperado, sabés que bajaré del cuadrilátero con las manos de tu cinturón abrazándome la cintura.

La calle me hizo campeón. Aprendí a sopapos, a pijazo limpio, yo no sé lo que es cagarse ante nada, y ahora me venís con tus aires de paisano de Julio César Chávez, mirá qué miedo, me tiemblan las canillas, ese gancho también me dolió, esto me pasa por estar pensando en pendejadas.

A concentrarse.

Ahora te bailo un poco, Dinamita, a ver si me alcanzás, no se puede golpear lo que no se ve, así decía Alí, y después flotaba como una mariposa y picaba como abeja… ¡Aquí te va el aguijón de mi derecha!

Mientras caminaba hacia el cuadrilátero por el pasillo alfombrado de verde, vestido con una bata roja y el apodo EL MUÑECO bordado con enormes letras doradas en la espalda, se imaginó a su madre sentada frente al televisor.

Su madre, esa negra inmensa, de ojos saltones, como ranas oscuras.

La mamá no se ha quitado el delantal y espanta el calor y las moscas con un periódico enrollado en el que sale la foto de su hijo, la guardia en alto, la frente arrugada y sudorosa, debajo de un titular que ha puesto al país de cabeza: ¡El Muñeco va por el título mundial!

Alrededor de la anciana juegan tres de sus dieciocho nietos, y por las ventanas asoman los rostros curiosos de varios vecinos. De pie, a un lado del televisor, Cristóbal imita los movimientos de su célebre hermano, mueve la cintura, esquiva golpes, resuella, lanza dos jabs, remata con un cruzado de derecha. Así se la ha pasado toda la pelea, hasta que la madre, nerviosa y fastidiada, reacciona en el último round: ¡estate quieto antes de que te caiga un derechazo de verdad!

Son las diez de la noche, hora local, las doce en Nueva York, y lo único que uno puede encontrar en la oscuridad de

Corozal es un borracho que zigzaguea por la calle de tierra del pueblo.

La mamá del Muñeco comienza a rezar. No sabe nada de boxeo, pero no tiene ninguna duda que su hijo merece el triunfo. La casa se llena de exclamaciones que acompañan los últimos golpes que El Muñeco acierta sobre la cara, el hígado, los hombros de Dinamita.

—¡Oh my God! —dice el agringado que nunca falta.

Hasta que suena la campana y El Muñeco y Dinamita se abrazan.

Se separan y cada uno va a celebrar a su esquina.

El Muñeco levanta los brazos.

—¡Ganamos! —grita la mamá—. Mi hijo es campeón —golpea con el periódico enrollado a los que tiene cerca.

Cristóbal le explica: "Aún no se sabe quién ganó, madre". Ella responde: "¿No viste que mi Muñeco levantó los brazos?". Cristóbal insiste: "No, madre, ya le he explicado mil veces que eso no quiere decir nada. Falta que Michael Buffer lea las tarjetas de los jueces". La madre se mete las manos debajo del delantal y se arregla el calzón: ¿Y quién es ese?

Al Muñeco le secan el sudor...

Michael Buffer pide la atención del público. "We go to the scorecards"—clava su mirada en las tarjetas que tiene en sus manos.

El Muñeco bebe agua. Dinamita sube sobre las cuerdas y enseña los bíceps. El entrenador se acerca al Muñeco y con una tijera rompe el esparadrapo de los guantes negros marca Cleto Reyes. Luego corta el vendaje de los puños. El Muñeco estira los dedos, como si quisiera alcanzar algún objeto. Cierra los puños. Son puños sólidos, venosos. Abre la palma de la mano izquierda y da varios puñetazos con el derecho.

El sonido de los golpes le recuerda ahora el puñetazo más doloroso que recibió en su vida. Sonríe y piensa que de tanto golpe está quedando loco.

—¿Vos me escondiste la botella?

—No, pa.

—Vos fuiste, no hay nadie más en la casa.

—Te lo juro que no, pa.

—¿Dónde está mi maldita botella?

—Pa, no sé, quizás…

—Quizás nada —el puñetazo dio de lleno en el pómulo derecho del Muñeco y le provocó una herida. Esa tarde, El Muñeco recibiría otro golpe en la cara. Su madre lo agarró del brazo y lo llevó frente a un espejo y le colocó el manotazo en la mejilla.

—¿Qué ves?

—Mi cara —los ojos llorosos, la herida sangrante.

—Es la cara de un hombre, no la de un cobarde.

—Tengo ocho años, mamá.

—Ay, mi Muñeco. Te falta mucho por aprender.

(El Muñeco llora).

—Me vas tener que prometer algo: nunca más volverás a permitir que nadie, ni siquiera tu padre, te ponga una mano encima. La única que puede castigarte soy yo.

(Sigue el llanto del Muñeco).

—La próxima vez que alguien te quiera humillar, le vas a romper la cara. Hacé que tu madre se sienta orgullosa de vos, mi Muñeco.

Así fue que descubrió el boxeo, el poder de los puños, la

satisfacción de noquear a otros. El Muñeco —el apodo se regó por el pueblo como onda telúrica cuando su abuela salió con el recién nacido en sus brazos a la acera y le dijera a una vecina "Martha, mire a mi nieto… ¡Es un muñeco!", descubrió que no había nada más satisfactorio en este mundo que arreglar los problemas a los golpes. En la lista de noqueados estaba su propio padre, a quien fue a buscar al puesto de pescadores después de encontrar una mañana a su madre tirada en la cocina, molida a golpes. El Muñeco no tuvo que preguntar por la identidad del agresor. Montó en su bicicleta, pedaleó en medio de los cultivos de palma africana y de los campos bañeros, pasó al lado de una locomotora que parecía un enorme gusano de metal, pedaleó y pedaleó, carajo, sí que pedaleó esa tarde, hasta que se detuvo frente a un grupo de hombres sin camisas.

—Messi es el mejor del mundo —estaba diciendo el padre del Muñeco. Iba a agregar que Cristiano Ronaldo jamás igualaría al argentino, pero la mirada furiosa de su hijo lo detuvo.

—Hij…

El padre cayó de espaldas sobre la playa, la boca hinchada del golpe, los pies espumosos por el mar. El cuerpo del pescador convulsionó, como las tilapias rojas que sus manos callosas y tostadas lanzaban después de la jornada de pesca al fondo de la pila de cemento. Fue un derechazo a la barbilla, fuerte, seco, un coco que cae desde lo alto de una palmera. Con la guardia arriba, El Muñeco preguntó en silencio quién era el siguiente. Ninguno de los pescadores se animó.

El Muñeco no volvería a ver a su padre. Esa misma tarde, entre bendiciones, la madre hizo subir al hijo al autobús que lo llevaría hasta San Pedro Sula. Le recordó que se marchaba siendo un don nadie; le prohibió regresar en iguales condiciones.

—*Judge Larry Lederman scores the fight one fourteen, one thirteen* —Buffer sostiene el micrófono en su mano derecha.

—¿Cuánto? —pregunta El Muñeco.

—Ciento catorce a ciento trece—dice alguien.

—¿Cuánto? —Dinamita tampoco sabe inglés.

—Ciento catorce a ciento trece —suena la voz su entrenador.

—*Judge Chuck Giampa scores the bout one sixteen, one twelve.*

—¿Qué es lo que está diciendo ese gringo? —la mamá del Muñeco se muere de nervios.

—No sé, mamá —Cristóbal también se muere de nerviosas.

—El segundo juez ha dado ciento dieciséis a ciento doce —traduce Marcelo González del canal Combate Space.

—Ahora vamos a la tercera tarjeta —agrega Marcelo González, y su anuncio retumba en restaurantes, hogares, moteles, gasolineras y bares de Honduras.

—*Judge Dave Moretti* —la voz de Michael Buffer es como el sonido de un taladro de dentista; provoca escalofríos.

—Nadie te quita este triunfo… ¡Sos chingón! —uno de los miembros del equipo de Dinamita se acerca y lo abraza.

—*And the winner by unanimous decisión* —dice Buffer.

—Es decisión unánime; ojalá no tengamos un robo. Yo tengo al Muñeco como ganador —dice Marcelo González.

El Muñeco cierra los ojos y recuerda las noches en que dormía sobre aquellas bancas del parque central; aún siente el dolor que le provocaba el frío de la madrugada en las costillas, en las piernas, en los brazos, en el cuello… Un recuerdo doloroso, como los goles que hoy le ha dado Dinamita. El

Muñeco se ve sobre las bancas del parque central. Lava vehículos. Nada glorioso. Un alma más en este purgatorio de concreto de la ciudad. "Esta ciudad es igual de caliente que Corozal, pero no tiene la brisa del mar. No duermo desnudo por temor a que me roben la ropa", le cuenta a su madre por teléfono.

Un domingo por la mañana, mientras terminaba de lavar un vehículo frente a la catedral, una motocicleta le tumbó la cubeta con agua, y el insulto del Muñeco hizo que el conductor, un tipo enorme y bravucón, se detuviera a reivindicar su honor. Entre los feligreses que entraban a la misa de las diez esquivando las cagadas de paloma, y que vieron cómo un derechazo del Muñeco noqueaba al motociclista, iba un cubano calvo y con una barriga preñada de grasa. Como a casi todos los cubanos, a este devoto de san Expedito, el santo de los milagros imposibles, le gustaba el boxeo.

—Caballero, tiene usted una mano pesada —la voz admirada de cubano, echando un ojo al motociclista, pegado al asfalto, como una calcomanía

—Gracias —El Muñeco se agachó para recoger sus herramientas de trabajo.

—Permítame presentarme: soy el entrenador cubano Omar Lozano. Fui parte del equipo del campeón olímpico de boxeo Teófilo Stevenson —mintió. Pudo haber mencionado a Javier Sotomayor o al mismo Pablo Milanés como grandes leyendas del cuadrilátero y El Muñeco no hubiera descubierto el engaño.


Desde ese día, El Muñeco no volvió a enjabonar una llanta más. En un pequeño gimnasio nauseabundo a orines y sudor, pulió su técnica, en medio de los gritos del cubano Lozano. "Caballero, no me baje la guardia"; "Caballero, use las combinaciones"; "Caballero, lance ese *jab*"; "Caballero, si quiere llegar a ser como el gran Teófilo Stevenson tiene que escuchar con atención, ser humilde"; "Caballero, cuidado con hacer el amor de pie, porque eso desgasta las piernas"; "Caballero, ojo con esa dieta, recuerde que no se me puede pasar ni una onza".

En esta pelea contra Dinamita ya no está Omar Lozano. El Muñeco, rodeado de estafadores que le meten las manos en los bolsillos, extraña a aquel hombre iracundo, pero honrado que impulsó su carrera. Se imagina sus gritos de Caballero, caballero, este campeonato del mundo no se lo quita nadie.

Michael Buffer ha leído las tarjetas. Es una decisión unánime: 114-113, 116-112 y 114-113. Apretado.

—*And the winner is…* —repite Buffer para ponerle suspenso al asunto, y así hace callar a los ocho mil aficionados que están en el Madison Square Garden.

—*From Nueva Arrrrrmenia, "Jondurasssss", El Muñecooooooo* —la voz de Michael Buffer anuncia al ganador.

El Muñeco trata de levantar los brazos, pero las manos firmes de dos enfermeras se lo impiden. Sobre el ojo derecho, el vendaje que tapa la reciente cirugía de retina. Acostado sobre la cama número treinta y tres del pabellón de hombres del hospital Leonardo Martínez de San Pedro Sula, El Muñeco, en su delirio, se acaba de coronar campeón del mundo de peso mediano.

# FINAL DE CHAMPIONS

El pie izquierdo de la abuela dejó una marca de polvo por la calle, como el trazo blanco de las turbinas de un jet en el cielo. Acababa de perder la chancleta al doblar la esquina, pero siguió caminando a pesar de que el calor del mediodía le quemaba la planta del pie.

—Mi muchachita —murmuró.

La abuela era una versión arrugada y tostada de Mafalda, igual de cabezona, aunque sin brillo en los ojos. De la angustia, sintió que iba a vomitar el corazón.

—Ay, piedra de mierda —dijo de repente, después de sentir un pequeño proyectil que se le clavaba en el pie descalzo.

La sangre quedó sobre la superficie de la calle, detenida por resequedad de la tierra, un pequeño párpado rojo. La abuela comenzó a cojear, y puso su mano derecha sobre el muslo izquierdo.

Un taxi pasó a su lado. El conductor detuvo la marcha y le preguntó a dónde se dirigía. La abuela lo escuchó, pero no respondió. El taxista gritó: "Madre, ¿la llevo?". Como no hubo respuesta, el taxista metió el pie en el acelerador. "Pobre, ha de ser sorda".

La abuela comenzó a llorar.

Alguien la saludó desde un balcón pintado de verde y azul en el que había tres maceteras con girasoles. "¿Para dónde vas en esa carrera, Josefina?", le preguntaron. La voz de la mujer era grave, como la de un hombre.

¿Así que se llamaba Josefina? ¿Josefina qué? ¿Cuál era su apellido? ¿Ávila? ¿Romero? ¿Morales? ¿Caballero? ¿Ruiz? ¿Josefina Ramos? Es algo que nunca sabremos.

Lo que sí sabemos es que la abuela se quitó el polvo del rostro con el ruedo del delantal en el que guardaba las ganancias de las ventas de tortillas.

También sabemos que la chancleta izquierda la agarraría con su hocico un perro negro y feo.

Unas horas antes de cojear por la calle de tierra, la abuela había ido al hospital general a buscar a su nieta. Allí sacó una fotografía y la mostró a un hombre enorme que se balanceaba sobre el borde de una pequeña silla de ruedas. "Mire qué bonita es. En el barrio me le tienen envidia, porque siempre gana los concursos de belleza. Se llama Luz. Le decimos Lucita. Yo soy la abuela". La abuela suspiró. "Está desaparecida, no llegó a casa. Tal vez se golpeó y está aquí. ¿Usted la ha visto? Mire bien su rostro. Estos aretes de oro se los regalé para su cumpleaños".

El hombre agachó la cabeza y buscó en la lista de los últimos pacientes ingresados. Seguía balanceándose sobre el borde de la silla.

—No, señora, no tenemos a nadie con ese nombre —fue su respuesta—. Tal vez en la morgue…

La ira infló el rostro de la anciana casi hasta hacerlo estallar. Pero no estalló, pues su rostro no era un globo, sino una pasa de carne y hueso.

—¿En la morgue? ¿Y vos quién te ha dicho que mi nieta está muerta, pendejo? —se alteró.

—Disculpe, no quise ofenderla.

—Perdón, muchacho… Me muero de los nervios. Nunca soy así de grosera.

Un empleado sin señales de vida la atendió en la morgue. De no haber sido porque el hombre estiró una de sus manos para ver la fotografía de la desaparecida, la abuela, con toda razón, habría concluido que estaba tan muerto como los muertos en los refrigeradores.

—No, no se me hace conocida esta carita. Bonita la mona, ¿verdad? —dijo el empleado, ahora sí, resucitado por la morbosidad.

El empleado abrió los refrigeradores para que la abuela echara un vistazo. Leyó los nombres en las fichas con desgano.

—Qué jovencito. ¿De qué murió? —preguntó la abuela, mientras veía el primer cadáver.

—En un pleito de barras entre el Olimpia y Motagua.

—¿De qué equipo era?

—Olimpista. Mire la camiseta. Es la del tricampeonato —cerró la puerta y abrió otra.

—¿El de qué?

—El tricampeonato —cerró el refrigerador. Abrió otro.

—Pobre señora… ¿Y a ella qué le pasó en la cara?

—Los machetazos que le dio el marido en un arranque de celos. Acaba de ingresar. Es carne fresca.

—Válgame Dios, es que el demonio se ha metido en el corazón de los hombres —dijo la abuela.

El hombre abrió y cerró una docena de refrigeradores. En ninguno estaba la nieta.

—Parece que su muchacha no está aquí.

—Parece que no. Gracias...

Regresó a su casa en autobús. Cansada, la anciana cabeceó con un estilo que hacía recordar al Bam Bam Zamorano. Finalmente se durmió. Unas cuadras arriba, el grito del cobrador del bus la despertó:

—¡Llegamos a la Nueva Suyapa!

—Aquí me apeo —dijo la abuela. Y se bajó.

La última vez que la abuela Josefina vio a su nieta fue en la puerta del colegio. Allí la persignó, le dio un beso y se despidió de ella. A la nieta se la tragó un océano de camisas blancas y pantalones grises que inundaba el pasillo principal. En los celulares de los alumnos sonaban canciones de Daddy Yankee.

La abuela Josefina estuvo hasta las tres de la tarde en su puesto de venta, sentada frente a su canasta de tortillas, amarillas y redondas, como la luna, pero sin cráteres. Cuando terminó de venderlas todas, se marchó a su casa. Hizo una siesta de cuarenta minutos, luego se levantó a orinar, luego se tomó un café negro sin azúcar, luego, a las cinco, se sentó a ver la telenovela. A esa hora siempre llegaba Luz. Luego comenzó su pesadilla, porque Luz nunca regresó a casa.

Después de la novela, la abuela Josefina reparó que su nieta no había llegado. La casa era tan pequeña, que bastaba con girar la cabeza de derecha a izquierda para revisar visualmente hasta el último rincón. La abuela se puso un gorro negro, calcetas de algodón y solo abrió el paraguas hasta que estuvo en la calle, por aquello de que es mala suerte abrirlo adentro de la casa.

—Puede que llueva —pensó.

La abuela recorrió el mismo camino que su nieta realizaba de regreso a casa. Les preguntó a las pocas personas que encontró en el camino si la habían visto. No, no, no, no —le respondieron. El peso de la angustia comenzó a doblarle la espalda.

Fue una búsqueda inútil

—Mañana iré a La Última Noticia a poner la denuncia —dijo.

Y fue.

Allí fue recibida por el presentador del programa estelar, un hombre con cara y cuerpo de rana que leía las noticias de los asesinatos con entusiasmo, pero sin croar.

—Antes de escuchar la denuncia de la señora, tenemos un informe de última hora desde un barrio de la capital. ¿De qué se trata? Nuestro periodista Gerardo Bustillo está en el lugar de los hechos.

—Efectivamente, señor director, acaban de asesinar a cuatro personas en una zapatería. Esta nueva masacre ocurre en colonia Zapote Norte.

—¡Qué barbaridad! ¿Tenemos detalles de cómo sucedieron los hechos?

—Informes preliminares señalan que los jóvenes estaban jugando en una cancha de futbolito cuando de repente llegaron varios sujetos en dos vehículos, los pusieron contra el suelo y les dispararon.

—Bueno, así nos la llevamos en este país, de masacre en masacre. Uno quiere tener un día con historias positivas y nos cae una noticia como esta. Por eso, y con todo respeto, quiero hacerles una petición a los delincuentes.

—Hable, licenciado, que toda Honduras la escucha.

—Lo que quiero pedirles a los criminales es que por favor asesinen a otra hora, cuando yo ya no esté al aire, porque esto me pone triste y no es justo. Regreso a casa estresado y así ya no funciono y mi mujer me reclama. Mejor vamos a comerciales. ¡Qué triste!

Al regreso de los anuncios, la cámara le hizo un encuadre al rostro arrugado de la abuela.

—Se llama Luz. Está desaparecida. Es mi nieta. Vivimos en Suyapa.

Comenzó a llorar.

—Tiene apenas dieciséis años, miren qué bonita su cara, los ojos color miel, el pelo largo y negro… Me le tienen envidia, porque en el barrio siempre gana los concursos de belleza.

La abuela hablaba como un ventrílocuo.

—Me le tienen envidia, licenciado, por bonita.me le tienen envidia, fíjese, licenciado, porque todos se enamoran de ella, pero ella nadie le para bola.les pido que se apiaden del sufrimiento de esta anciana. Nosotros no nos metemos con nadie.

—Si alguien sabe el paraderos de esta muchachita —dijo el presentador—, por favor comunicarse con su abuela o con las autoridades. ¿Dónde la pueden llamar, señora".

La abuela dio su número telefónico. Repetía cada número con esperanza.

—Muchas gracias, licenciado, por la oportunidad de poner la denuncia.

—¿Ya fue a la posta policial de su barrio? O tal vez ya regresó a casa. ¿La llamó al celular —salieron las preguntas en ráfagas.

A lo primero respondió que no.

A los segundo dijo que Dios primero.

A lo último dijo que no.

La abuela se despidió y salió a la calle.

Cruzó la acera y detuvo un taxi.

Del delantal sacó varios billetes.

Pidió que la llevaran a la colonia Nueva Suyapa.

Pagó. No paró de rezar en todo el camino. Se bajó frente a su casa. Entró. Dejó la puerta abierta. Buscó a su nieta. No estaba. La abuela regresó a la calle. El taxi ya se había ido.

—¡Mierda, no le dije que me esperara!

Decidió caminar hasta la posta policial.

En el camino perdió la chancleta izquierda. En el camino se paró sobre una piedra que la hizo gritar de dolor. Pasó otro taxi. El taxista le preguntó si la llevaba, pero ella no respondió.

La abuela pasó frente al balcón pintado de verde y azul en el que había maceteras con girasoles. Alguien la saludó, pero ella no respondió.

—¿Para dónde vas en esa carrera, Josefina? —sonó la voz de hombre, aunque era una mujer.

—En la posta policial tienen que ayudarme. ¿Cómo no se me ocurrió antes? —repitió.

Otros vecinos la vieron pasar. A varias cuadras de distancia, un perro negro y feo llevaba la chancleta en el hocico. A varias cuadras de distancia, el taxi que la había llevado del canal de televisión a la colonia Nueva Suyapa se detuvo a orinar frente a un solar baldío.

Arrancó el taxi. Los meados se evaporaron. El perro dejó caer la chancleta y se echó debajo de la sombra de un eucalipto.

La abuela llegó a la posta policial. Metió la mano en el delantal, sacó la fotografía de su nieta, subió las seis gradas que había de la calle a la puerta, entró, suspiró, comenzó a llorar. Puso la fotografía sobre el escritorio.

—Señor policía… ¡Ayúdeme a encontrar a mi nieta!

—Tranquila, señora, hable con calma.

—Es mi nieta, por Dios… Está desaparecida. ¡No regresó a casa!

—¿No se habrá escapado con el novio?

—No tiene novio.

—Muy bien, señora, le tomaré su declaración en unos minutos.

—¿Cuántos minutos, señor policía? ¡Es urgente! —se desesperó.

—Tranquilícese, señora.

—¿Cuántos minutos, oficial?

—Unas dos horas, señora.

—¿Dos horas? ¿Por qué tanto? ¡Esto es de vida o muerte!

—Hoy es la final de La Champions. Ya van los equipos a la cancha. Deme un chance —le dio la espalda.

—¡Dos horas por un maldito partido de fútbol!

—Sí, siempre y cuando no se vayan a tiempo extra ni a penales —dijo.

Sonó el himno de la Champions, y a él le entraron ganas de llorar.

# UNA TARDE EN AUTOBÚS

¿Cómo? ¿Perdió el Barcelona? ¿Cuánto? ¿Cuatro a cero? ¡Qué cagada! Pucha, lo mismo nos pasó en Roma. ¿Estás seguro? Buscá ESPN en el celular. ¿Lo enconstraste? Enseña, enseñá... Sí, hombre, cuatro a cero nos metieron. Eso nunca nos pasó con Pep, pero con este Valverde no llegamos ni a la esquina. Nos vamos a tener que conformar con otra liga; la Champions solo la veremos pasar. Puta, y qué calor hace en este bus. Me va dar mal de orín de ir sentado sobre la tapa del motor. Ya hasta se me calentaron los huevos. Imaginate, cuatro a cero... Sí que son jetas esos del Barcelona. De nada sirvió que ganáramos el primer partido tres a cero. Bueno, con las antenas bien paradas; Charlie, vos quédate aquí conmigo; Flaco, vos andate para los asientos de atrás, ojo al Cristo. A la mano de Dios y de la Virgen Santísima que todo nos salga bien. ¡Amén! Pero ya saben, si alguien se pone al brinco, le metemos sus plomazos para que se calme. ¡Ya! Pónganse vivos, pues. ¡Esto es un asalto! Tranquilitos todos, nadie se mueva. Colaboren, entreguen todo lo que tengan de valor, billeteras, relojes, celulares, dinero, cadenas de oro y de plata; no me vayan a salir con fantasía fina, porque les clavo un par de balazos. Ey, chofer, bájele a la velocidad, papa, ¿cuál es el apuro? Yo le voy a decir cuándo tiene que acelerar y dónde se va a detener. ¿Me escuchó? Muy bien, me llega la gente obediente. Es que hay otros que se las quieren tirar de Rambo, y a esos hay que darles con esta animala .357. Flaco, si alguien se te pone pendejo descargale la chimba, man. Vaya, mi Charlie, vos agarrate a los de este lado de la fila. Comenzá con ese bembón de anteojos. Sí, es con vos, no te hagás el loco, entregá todo lo que andás. Suave, suave, cuidadito nos hacés un mate porque te palmamos. No estamos jugando, señores, apúrense, apúrense, que entre más rápido, mejor; este clima sí que es loco, ¿verdad, vos?... Un día le truena el calor y a la mañana siguiente hace un frijol perro. Vaya, mi Charlie, no se me ahueve, también registrá a ese catrín que está atrás tuyo. Estos que se hacen los majes son los que más varas cargan. Flaco, ponete tiesos con los que no quieren colaborar. Chofer, concéntrese en la carretera, deje de estar con las antenas paradas. Chivas, aleros, registren bien todo, apurémonos y nos pelamos la tusa de aquí. Puta, callen a ese chigüín que está llorando; ya me estoy maleando. ¿Usted es la nana de ese tullido? Aunque sea una rosquilla métale en la trompa para que se calle. Hombre, ¿qué es ese tufo? Parece que alguien se cagó del miedo. Puta, qué apesta, jodido. Vaya, vaya, no se hagan los de a peso, que esta papada es en serio. Cuidadito me hacen un mate porque les vuelo los sesos. ¿Cómo vas allá atrás, Flaco? ¿Ese cara de pichingo ya te dio el celular? Muy bien. Ajá, ¿y el pisto? Revisale la catocha, se ve todo jilotón, pero ha de ser gran largo. ¿Ustedes creen que esto es paja? Ya voy a palmar a alguien para que vean cómo es la onda con nosotros. Charlie, dale su marimbazo al que se te ponga machito. ¿Y cuál es el pedo, pues? Vaya, vos, cuchumbo, quédate tranquilo, tranquilito, si no querés que te palme. Mirá, por mi madre que te meto las balas si te ponés pendejo. ¡Vaya, vaya, que es esa hueva que se cargan! Apúrense, apurénse, que ya vamos a llegar a Tempiscapa. Puta, hombre, silencio. ¿Qué pedos con vos, loco? Agachá el morro, te digo; a vos te estoy hablando, no te hagás el de a peso, men. Flaco, Flaco, revisale la cartera a esa doña, a la gorda... Colaboren, por favor, y así terminamos rápido y regresan vivos a sus cholas. Apurate, man, vos, el de la camisa amarilla, ¿cómo te vas a poner a creer que te vamos a dejar el anillo? A mí me vale verga que sea el de casado, pasá el anillo. ¿De quién es ese celular que está sonando? ¡Cuidadito contestás! Esta bellezada ese ringtone con la rola de Bad Bunny. ¿Y vos, jachudo, que me estás viendo? Bajá la cabeza, si no querés que te deje como colador. Hombre, son burros ustedes: que nadie se mueva, les dije. Allí me disculpan si me pongo medio maleado, pero es que hay gente que es embrecada. Flaco, Flaco, ¿y qué pedos con ese cuatro ojos con la camiseta del Olimpia que se está haciendo que va echando humo? Revísalo, men, quieren huevos con vos, siempre de lelo, revisalo en dos cuetazos a ver si anda algo bueno. Chofer, bájele a la velocidad, mi hermano, no pase de cuarenta por hora, que así me la pone difícil. Calmadito, vamos sin apuro. Cuando pasemos frente a la trucha me va a acelerar un poco, porque allí siempre están los chepos. Ajá, ¿y entonces cómo va la onda allá atrás? Vamos a salir con buena maleta de este bus. De verdad, allí nos disculpan, pero es que la situación está bien yuca, ya ni para la leche se ajusta. Por las buenas no hay pedo con nosotros, no es nada personal, ¿verdad Flaco? Vaya, vaya, colaborando, señores, ya casi terminamos. ¿Cuántos celulares llevamos? ¿Veinte? ¡No jodás, está maciza la cosa! Chofer, vuele ojo a ver si no ve a los chepos o a los chafas; cuidado me sale con un cuadro porque le juro que lo dejo lleno de agujeros. Agáchense, agáchense, que el que no se agache le vuelo la cabeza. Flaco, Charlie, vuelen ojo si hay chepos o chafas. Chofer, cuidadito con una sorpresita. ¿Flaco, cuántos indios te falta revisar? ¡A ella no, Flaco! Regresale su dinerito. Solo quitale el celular.

¿No ves que está anciana? ¿Todo bien, madre? Revise a ver si todo está completo. Disculpe el inconveniente. Usted me recuerda a mi mamá. No tenga miedo, que a usted no le va a pasar nada. Siéntese. ¿Cómo se llama usted, madre? Tranquila, siéntese, no llore. Uy, pero si tiene las manos heladas. Vaya pues, los demás, calladitos y sin levantar la cabeza, esto no es con ustedes, es con la doñita que hablo. Ya saben que me pican los dedos por jalarle al gatillo, así que mejor, machete estate en tu vaina. Ya casi terminamos. Entre más colaboren, más rápido los dejamos tranquilos. Loco, vos, cuatro ojos, dejá de verme, hacé caso si no querés que te destartale a balazos. ¿Qué me quedás viendo? ¿Te gusto? Charlie, metele su cachimbazo a ese de los anteojos para que se le quite lo curioso. Te la ganaste, loco, por meteche. ¡Apúrense, hombre, fack! Flaco, Flaco, volá ojo. ¿Viene patrulla atrás? Me puso cagado esa pailita, pensé que eran los chepos. ¿Cuántas personas faltan? Pilas, pilas, vayan metiendo todo en las bolsas y nos pelamos cuando bajemos. Charlie, ¿vos ya terminaste? Llamá para ver si ya nos están esperando, mirá que la última vez casi nos agarran allá por la gasolinera de San Esteban. Por un pelito y nos jode la jura. No, loco, hacé caso, no te confiés: llamá, nada te cuesta. Solo confirmá si no hay moros en la costa y nos zafamos rápido. Chofer, vaya bajando la velocidad y nos deja en el mero desvío a Tempiscapa. Flaco... ¡Flaco, despertá, cabrón, ponete vivo! Mirale los cachos a ese man del pelo musuco. Puta, son unos Air Jordan. Vaya vos, musuco, ya estuvieras entregándoselos al alero, apurate, me sopla un huevo que te los hayan mandado de los Yunai. Allí los llamás al ratón y les pedís otros. Pisto les ha de sobrar. Uy, hombre, estos los voy a estrenar para el fin de año. Ya sabés, Flaco, esos cachos son míos. Rebuscate a ver si te encontrás otros buenos, tal vez Adidas. Esta gente es alucinada, son pobres, pero andan bien guanjeados. Ve, ya nos estamos acercando a Tempiscapa. Señores, que nadie levante la cabeza, porque esto aún no termina. Se me van a estar así durante quince minutos. Chofer, cuidadito va de sapo. Si llegan a atrapar a uno de nosotros, por Diosito y mi madre que le metemos fuego al bus con todo y conductor y pasajeros. Con nosotros no se juega, no se crean que solo somos tres. Somos una banda grande, no se equivoquen. Bájele, mi hermano, bájela a la velocidad. Flaco, chivas en la salida. ¿No queda ningún celular acá en el bus? ¿Revisaron bien? Aquí, aquí, aquí deténgase, aquí nos bajamos nosotros. Bueno, mi gente, que tengan un buen día y que Dios me los lleve con bien.

# EL FC TOÑITOS

Aquí cayó, a dos pasos del área penal. Seguía vivo cuando lo rodeamos, pero se notaba que ya le quedaban poquitas fuerzas. Los dedos de sus manos eran largos y torcidos, como las ramas de un liquidámbar que hay en el patio de mi casa. "¡Es Vilorio!", dijo alguien, no sé si La Vieja o El Tripas, y entonces recordé de golpe aquella portada del periódico en la que apareció retratado a medio cuerpo, su rostro de Frankestein, el bigotito ralo, como dos hileras de hormigas, los bolsas amoratadas debajo de una mirada triste que parecía adivinar un futuro que le llegó hoy, casi a las cinco de la tarde, en esta cancha de polvo rojo de la colonia San Miguel de Tegucigalpa.

Todo esto viene a ocurrir justo en lo mejor del partido, con el marcador a favor del equipo con camiseta, pero con nosotros, los que andamos pelados, con las chiches al aire, empujando fuerte, con ataques rápidos por las bandas, un fútbol sencillo, aunque eficaz, con centros que buscarán siempre la cabeza del Negro Bennet.

Pero ya no hay centros, sino este enorme oso al que le salen borbotones de sangre por la boca, como si devolviera una sopa de crema de tomate.

El grito de una anciana se impone a los murmullos: "Hay que llamar a la ambulancia".

Pero los únicos que se mueven son mis recuerdos.

Aquella tarde en que me apareció en la primera plana del periódico, mientras esperaba en la barbería a que me cortaran el pelo, mi papá, así, suavecito, me habló de Vilorio. Extendió el periódico frente a nuestras caras, como para ocultar la conversación, y soltó varias palabras. Torturador. Matón. Agente de investigación. Violador de derechos humanos. Hace cantar a cualquiera. Aquí en el barrio le temen. Doy gracias a Dios que vive lejos de nosotros. Anda dos pistolas. Un monstruo. Se mete el guaro como quien toma agua. Secuestrador. Dicen que desapareció a más de cincuenta. ¡Imaginate, cincuenta personas! ¿Qué significa desaparecer? Acercate un poco más y te lo explico, es peligroso que nos escuchen, aquí las paredes tienen orejas y ojos, y no queremos que nos vayan a lanzar a un barranco, ¿verdad? A manos de Vilorio iban a dar todos los enemigos del Estado. Hombres y mujeres, muchachitos amigos de los cubanos, y él, para arrancarles verdades les quebraba los huesos, les levantaba las uñas, les extraía los dientes, les aplastaba las bolas, como quien se para en una cucaracha, los asfixiaba con la capucha, les ponía electricidad en los testículos y los hacía brincar como pollos, les sacaba espuma de la boca, les sacaba los seudónimos, las direcciones de las casas clandestinas, el número de células guerrilleras, los hacía cagarse del dolor, los reducía a una miseria… Esta foto del periódico es de cuando estaba más joven. Ahora no está así de flaco. A las comunistas las manoseaba, les caían cuatro o cinco de esos cerdos, las violaban, les hacían cosas espantosas, ya está jubilado, creo que es mejor cambiar de tema, no es algo que vos debás escuchar a esta edad, hijo. El domingo sí que te luciste en la final del campeonato, si no es por vos, no ganamos, pero la clavaste al

74

ángulo, cómo te quitaste de encima a los defensas, desde que arrancaste cerquita de la mediacancha, yo dije, a ese hijueputilla no me lo detienen, no señor, me quito el nombre si no es gol, ufff, qué gol el que nos regalaste, a lo Maradona, que en paz descanse, vaya zurda la que te cargás, es un chicle, se te pegan todos balones...

Y mi papá ya no siguió contando, porque en eso se acercó el barbero, tijera en mano y preguntó si el niño, es decir, yo, se iba a cortar el pelo, lo que era más que obvio, ¿y quién más necesitaba corte? ¿Mi papá? ¡Qué no ves que es calvo!

¿Así que este es Vilorio? —pienso, de regreso a la realidad, y alguien que está a mi lado, un señor de ojos saltones y cara de panqueque, como si hubiera escuchado mi pregunta, dice que sí, sí, este es el sargento Vilorio, casi nunca venía a la cancha, ha de ser cierto entonces que se metió con la hija del carnicero, la bulla es que son amantes, vive en el sector 8, a tres cuadras de aquí, a unos diez minutos, a lo mejor por eso andaba acá en la zona. Esta muerte me huele a lío de faldas.

El señor de ojos saltones y cara de panqueque, vuelva a responder en voz alta, que efectivamente —él usa esa palabra, efectivamente—, sargento primero, formado por los gringos, el mejor en su promoción en los cursos contra las guerrillas. Trato de despistar al señor con cara de panqueque, temeroso de que pueda leer mi pensamiento, y tiro varias palabras escogidas al azar, para ver si lo confundo: arroz, golazo, hay que empatar el partido, mañana es el clásico acá en la capital, tengo un perro que se llama Ruud, por Gullit, y a todo esto, ¿ya se murió Vil...?, pero otra vez el hombre que está a mi lado no me deja concluir y responde que aún sigue vivo, Vilorio está vivo, dice, pero por la palidez de su rostro, es decir, el rostro de Vilorio, estoy seguro que falta poco, que no tarda en estirar la pata, si es que fueron siete pepinazos los que le metieron, y con esa cantidad no hay cuerpo que resista, ni siquiera Vilorio, que es grande, y yo decido no hacerme más preguntas en silencio, me volteo a mi derecha y le pregunto al hombre si sabe quién o quiénes asesinaron a Vilorio, y se me acerca, se agacha, y me dice que es mejor reservarse ese tipo de preguntas, porque es peligroso.

—Aquí hay gente que lee hasta los pensamientos —me dice.

Aún así, pienso que el cuerpo de Vilorio ya no es el de un oso, sino el de una ballena a la orilla de la playa.

Siento que alguien me jalonea de la calzoneta. Es El Pecas. Hoy no ha sido su tarde. Tuvo dos claras para meter el gol. La primera fue un pase mío, de tres dedos, que lo dejó solo frente al Manga, matalo, matalo, matalo al Mangas, pero el Pecas la elevó. En ese momento íbamos cero a cero. La segunda, la típica jugada nuestra: el cruce a La Vieja, a la banda, La Vieja solo es el apodo, porque está fresco, es veloz, encarador, gambeteador, mi papá dice que es un Garrincha sin patas chuecas, y La Vieja centró para El Negro Bennet, El Negro se la bajó de cabeza, así, mansita, hacete famoso Pecas, la tenés, papito, y El Pecas le dio suave, no jodás, le salió un saque de honor en feria de pueblo, y nosotros, Pecas hijuelagranputa, te volviste a cagar, casi que lo matábamos, porque allí ya ya estábamos abajo uno a cero, y la apuesta de hoy es una bolsa de semitas y una Coca-Cola de tres litros, aunque Cristiano Ronaldo dice que es malo tomar Coca-Cola, ha de ser porque él prefiere Pepsi, y la semana pasada Los Descamisados, que somos los de la cuadra de arriba, perdimos, y los de la cuadra abajo, que son los del FC Los Toñitos, porque aquí juegan los hijos de Toñón el viejo, el dueño del estanco, y como que Toñón el viejo era muy activo en la cama, pero poco creativo, porque a sus cinco hijos les puso Antonio: Josué Antonio, Jorge Antonio, Renán Antonio, Dennis Antonio, Alexeiev Antonio, entonces por eso son Los Toñitos, no le dio la cabeza al viejo Toñón para buscar otros nombres para sus hijos, y nos tenían uno a cero, y nosotros metiendo presión, y solo había que marcar a Renán Antonio, el mejor del FC Los Toñitos, un mago de la mediacancha, agrandado, se encoleriza si le decís Toñito, dice que él es Toninho, como Tonihno Cerezo, uno que al parecer era brasileño, y Renán Antonio usa las medias abajo, como el brasileño, hasta los tobillos, dice, como dos serpientes enroscadas, y en eso fue escuchamos los disparos, y no nos dio tiempo de tirarnos al suelo, pero vimos que Vilorio, que en ese momento no sabíamos que era él, cruzaba toda la cancha en zigzag, como Ronaldinho en medio de los del Real Madrid, y por eso todos pensamos que era un borracho, hasta que cayó de espaldas, y ahora la bulla es que se trata de Vilorio, como quien nombra a un gran personaje, y que Vilorio tenía que rendir cuentas en la Corte Interamericana de Derechos Humanos, y varios preguntan si alguien logró ver al asesino, o a los asesinos, porque en el relajo no logramos ver si era uno o eran dos, y yo, honestamente, no me da pena decirlo, lo único que pienso es que levanten a este viejo, porque aún nos queda un poco de luz del día, y por mi madre que Los Toñitos se van a joder, esto no se queda así, y otra vez el hombre que está a mi lado me interrumpe y dice que hay que esperar a medicina forense y eso lleva varias horas, no es así nomás, porque tienen que analizar todos los agujeros que tiene, ocho plomazos en total, digo, siete, siete, bien pegados, entonces empieza la discusión entre Los Descamisados y el FC Toñitos, no, no, no, un momento, entonces la seguimos mañana a la misma hora, y Los Toñitos siempre de vivos, que no, que eso se acaba hoy, porque no es culpa de ellos que a Vilorio se le haya ocurrido zamparse en la cancha, ¿por qué no se metió en el mercado?, y unos discutimos por el partido, y otros tratan de explicar lo sucedido, y la anciana grita de nuevo que alguien llame a la ambulancia, pobre hombre, todavía está vivo, eso dice la anciana, y el resto de gente la queda viendo, no, señora, ya se murió, de nada sirve que llamemos a la ambulancia, y si ya se murió, pues lo sacamos de la cancha, lo dejamos sobre la acera, y Los Toñitos responden que eso es inhumano, pero es excusa, no les luce hablar de inhumanidad —¿así se dice, inhumanidad?—, porque bien que le venden aguardiente adulterado a los pachangueros del barrio, y ya no solo es la estafa, sino lo peligroso que eso es para la salud pues les jode el hígado y los riñones, y si no la seguimos hoy, la seguimos mañana, y si no la seguimos, no pagamos la apuesta, y en eso estamos, un relajo de voces, todo el mundo habla, y de repente llega un microbús rojo que se detiene cerca de uno de los tiros de esquina, abren la puerta y se bajan dos hombres con los rostros cubiertos por pasamontañas y tremendos tizones en las manos, o sea, tizones les decimos en el barrio a las pistolas, y caminan sin prisa, y se meten a la cancha y todos comenzamos a caminar hacia atrás, y me fijo que uno de ellos trae una bandera rojinegra en la mano, y los dos hombres se paran frente al cadáver de Vilorio, con qué tranquilidad, como si la muchedumbre que está cerca no existiera, y ahora sí que se pudra la apuesta, tengo ganas de salir corriendo, pero la idea que me disparen por la espalda me detiene, y el hombre que está a mi lado me dice que no me mueva, quedate quieto, ni se te ocurra salir corriendo, que estos no andan con cuadros para asesinar, y veo al Pecas cagado de miedo, pobre, no es su día, las dos que tuvo, claritas, hasta mi hermana metía esos goles, pero eso ahora es secundario, si Los Toñitos quieren que les paguemos la apuesta, pues que se harten las semitas, que se harten la Coca-Cola, que se harten a su madre, que se harten a Toñón el viejo, y los hombres que se bajaron del microbús rojo siguen frente al cadáver de Vilorio, el más alto le mete una patada, ha de ser centrodelantero, pienso, él se agacha, ya está muerto, dice, y le pone un papel sobre el pecho, extiende su mano hacia el que está de pie, y este le lanza la bandera rojinegra, como la del Newells Old Boys de Argentina, donde jugó Maradona, la agarra y la pone sobre el rostro acribillado a balazos, grita algo así como Patria o muerte, vencemos, y el otro dice Fuerzas Populares de Liberación Cinchoneros, y ambos regresan, esta vez a paso veloz, hacia el microbús rojo.

Yo tiemblo, y no es de frío.

¡Qué día el que he tenido! Perdimos contra los imbéciles del FC Toñitos y luego el muertito este. Y por si fuera poco, en casa me espera una cachimbeada, porque acabo de darme cuenta que en medio de este relajo, alguien se llevó las tortillas que mi mamá me mandó a comprar para la cena.

# UN GOL PARA ENMARCAR

El poeta Pepe Paredes nunca dudó que este momento llegaría. Lo único que lo sorprendió fue la hora: tres de la tarde. Siempre creyó que iba a ser por la noche. Cuando colgó el teléfono, las manos le temblaban; y le seguían temblando al agarrar el control del televisor para confirmar la noticia que le acababa de dar su ex esposa. Apretó el botón rojo del encendido y en la pantalla apareció un carro amarillo perforado a balazos y el rótulo de "Urgente" con el nombre del célebre general anticomunista acribillado en una emboscada: ASESINAN AL GENERAL ÁLVARES MARTÍNEZ. En medio de la euforia, el poeta Pepe Paredes, un obsesivo de la ortografía, se fijó en un detalle que pasó desapercibido para millones de televidentes. "Álvarez es con zeta, no con ese", dijo.

Las manos dejaron de temblarle. Entró al cuarto, se acercó al espejo y se peinó la larga barba negra con mechones blancos, como la cola de un zorrillo. Luego metió un par de libros en su mochila de cuero, se puso la chaqueta y sobre la cabellera desordenada se colocó la boina. El hombre más subversivo del país jamás había jalado el gatillo de una pistola, pero se dedicaba a algo mucho más peligroso: escribir poesía.

Respiró, salió a la calle, caminó hacia la estación de bus. En el cielo, como ronrones gigantes, pasaron dos helicópteros. Una anciana se paró al lado del poeta Pepe Paredes. "Buenas tardes, ¿espera el bus que va al centro?", preguntó. "Buenas tardes, señora. Sí, espero el bus que va al centro".

El autobús dobló la esquina y se detuvo con brusquedad. El poeta Pepe Paredes ayudó a subir a la anciana, y antes de poner sus pies sobre las graditas de metal, se fijó en la desgastada llanta delantera del lado derecho y tuvo un extraño presentimiento que nunca se haría realidad. Como era su costumbre, el poeta Pepe Paredes se dirigió al último asiento. En el lado izquierdo del pasillo, con la cabeza pegada a la ventana, el cuello doblado, como el tallo marchito de un girasol, dormía un hombre.

El poeta Pepe Paredes se sentó. Juntó las piernas, como un niño bueno, y sobre sus rodillas colocó la mochila. Sentía tanta felicidad, que tuvo el impulso de abrazar al resto de pasajeros, pero un muchacho delgado, con el rostro bombardeado de espinillas, extendió la mano llena de monedas, "Pasaje, jefe", dijo, y el poeta Pepe Paredes hurgó en el bolsillo de su pantalón, sacó un billete de un lempira y dejó de pensar en regalar abrazos.

Después de pagar, se imaginó que la ciudad se vería mejor con un tranvía.

Si hubiera girado su mirada hacia la izquierda, se habría topado con los senos enormes de una muchacha de ojos azules que sonreía pícaramente en una valla de publicidad, rodeada de hombres que sostenían botellas que estornudaban espuma: "Cerveza Nacional, una rubia de gran clase". Pero lo que sí vio, a su derecha, pegado sobre un poste del tendido eléctrico, fue un cartel amarillento con varios rostros. "Vivos se los llevaron, vivos los querem…", leyó el mensaje incompleto.

Cuando el autobús bajó la velocidad antes de enfilarse por un puente, vio que del otro lado del bulevar, rumbo al aeropuerto, pasaba un convoy militar.

En la siguiente parada subieron un hombre y un niño. Eran copias idénticas, salvo que el pequeño no tenía bigote. Se sentaron a dos sillas del poeta Pepe Paredes. "Son igualitos... Ha de ser dueño de un negocios de fotocopias", pensó, y sonrió de su propia ocurrencia. El hombre sacó un cigarrillo. Él y él el niño quedaron envueltos por el humo. El poeta Pepe Paredes estornudó. "Próxima, me quedo frente al estadio", gritó alguien, y el autobús se detuvo. El pasajero levantó un costal lleno de zanahorias, se lo puso sobre el hombro y saltó a la calle.

El autobús cruzó otro puente con los tobillos de sus cuatro columnas salpicados por un riachuelo tufoso a mierda.

Aunque era de día, los farolillos rojos de los burdeles estaban encendidos. En la puerta de los cuartuchos de madera había varias mujeres que fumaban y tomaban alcohol barato. Fingían ser felices con la misma maestría con la que fingían orgasmos. "¿Alguien baja donde las putas?", preguntó el conductor, y todos en el autobús sonrieron. Todos, menos el poeta Pepe Paredes. En las aceras, clientes borrachos alzaban sus manos para pedirle al conductor que se detuviera. El conductor bajaba la velocidad del autobús, pero cuando los borrachos se acercaban, tambaleantes y los ojos con el mismo brillo rojizo de los focos de los prostíbulos, le metía el pie al acelerador. "No traen un centavo. A estos, las putas ya les exprimieron los bolsillos... y otra cosa", dijo en voz alta el ayudante del conductor.

Esta vez nadie rió; solamente el poeta Pepe Paredes.

Pasaron frente a una funeraria vacía, un café atestado de estudiantes de pantalones y faldas grises, puestos de ventas de frutas y verduras, una clínica dental de la que salía una anciana con dentadura nueva y la boca adormecida por la anestesia, una tienda de plantas medicinales, un cine de dos plantas en ruinas, un restaurante de comida mexicana, una iglesia de impostores venidos del Brasil, un semáforo con las luces apagadas, una librería que se caía a pedazos, un taxi pintado de rojo que se detenía para recoger a un pasajero, un muchacho con la camisa pegada al pecho por el sudor, que tropezó y dejó caer un saco de harina que se rompió contra el concreto, y que el poeta Pepe Paredes, que alcanzó a ver lo sucedido, imaginó que la acera acababa de estornudar cocaína.

El chofer del autobús hizo sonar la bocina para espantar a un perro que cruzaba la calle.

Comenzó a llover, y los paraguas negros abiertos eran enormes hongos oscuros.

Para la policía, cada ser vivo en la ciudad era sospechoso del asesinato del general Álvarez Martínez.

—Así te quería ver, cabroncito, lleno de agujeros —sonrió el poeta Pepe Paredes.

Si al general Gustavo Adolfo Álvarez Martínez le hubieran volado los sesos en 2011, y no en 1989, las tiendas de las callecitas estrechas de Tegucigalpa por las que pasó el autobús, hubieran estado a reventar de imitaciones baratas de camisetas del Barcelona y del Real Madrid, y el poeta Paredes, un fanático del fútbol, se habría topado con muchachos que llevaban camisetas con los nombres Iniesta, Cristiano Ronaldo, Messi, Benzemá, Busquets, Sergio Ramos, Neymar, impresos en la espalda. Pero en el 89, los ídolos mundiales eran Maradona, los tres holandeses del Milán y los tres alemanes del Inter.

Aquella tarde, sin embargo, lo real fue que al general Álvarez Martínez lo cubrieron con una sábana blanca, y que a varios kilómetros de allí, el poeta Pepe Paredes, con su barba de zorrillo, deseaba llamar a todos sus amigos de versos subversivos para contarles, como si ninguno de ellos lo hubiera sabido ya, que el general Álvarez Martínez acababa de ser ajusticiado.

El bus se detuvo en el centro de la ciudad. "¿Alguien baja?", gritó el ayudante del conductor del autobús. El poeta Pepe Paredes fue el primero en bajar.

—Los últimos serán los primeros —sonrió.

Ya no llovía con fuerza; apenas una llovizna, y los edificios, con el agua que bajaba por sus paredes, eran gigantes que lloraban. En las afueras de una tienda de electrodomésticos, frente a la vitrina, había una multitud que observaba en las pantallas de varios televisores las noticias del asesinato. El poeta Pepe Paredes se detuvo a escuchar las voces anónimas de la gente.

—¡Malditos comunistas.

—Esa fue orden de Fidel Castro.

—Asesinaron a un hombre indefenso.

—Indefenso e hijo de Dios.

—Su única arma era la Biblia.

—Desgraciados… Deberían colgarlos de las bolas.

—Bien decía mi general que el único comunista bueno es el muerto.

—¡Qué palabras tan sabias!

—Ya se había convertido al Señor…

Cuando escuchó los comentarios de la muchedumbre, el poeta Pepe Paredes sintió en su alma el mismo dolor desgarrador que le provocaba un mal verso. Se alejó y el olor de un horno le recordó que a la vuelta estaba una panadería.

Se acordó de Tomás Nativí, el dirigente sindical que llevaba dos años desaparecido. Tomás, su amigo, el del bigote de Pedro Infante. Esto va para vos, Tomás, hermano... ¡Te extraño, cabrón! —el poeta Pepe Paredes, a poco pasos de la Dirección Nacional de Investigaciones, sintió que el corazón le palpitaba con fuerza. Era por el cansancio; era por la emoción.

El poeta Pepe Paredes subió la acera, pasó en medio de varios agentes de investigación, entró en la sección de DENUNCIAS, y ante el asombro de dos sargentos, golpeó el mostrador con su puño izquierdo y gritó:

—¡Les acabamos de meter un golazo de chilena, hijosdecienmilmillonesdeputas!

# TAFFAREL

---

*A mi amigo,*

*el abogado Miguel Cervantes Ramírez,*

*hincha de Baggio*

A través de sus guantes, Taffarel vio que alguien se acerca-ba. Era Dunga. El capitán de Brasil tuvo el impulso de lanzarle un puntapié a la cabeza, pero se contuvo. Los gritos de los aficionados italianos estallaban en sus oídos como una plaga de langostas.

—Maldito, ¿qué has hecho? —preguntó Dunga.

—¡Mierda! —respondió Taffarel. Lentamente fue separando los guantes de su rostro; temeroso, no quería descubrir la magnitud de su error.

—Si no te mato yo, te matarán ciento cincuenta y nueve millones de brasileños.

Taffarel abrió por fin los ojos. Primero el derecho; después el izquierdo. El balón continuaba en el fondo de la portería, como el huevo de una viuda negra envuelto en telaraña. Taffarel comenzó a levantarse. Clavó las rodillas sobre el césped y estiró los brazos; parecía un enorme bebé de pelo rubio a punto de gatear.

A veinte metros, los brazos, como dos banderillas de torero que apuntaban al cielo; la coleta; el diez en la espalda; al minuto ochenta y ocho de la gran final del Mundial de Estados Unidos 94, Roberto Baggio celebraba su gol, un disparo inofensivo, una tortuga de espuma blanca de polietileno que se le escapó a Taffarel de las manos.

Gol.

Pero gol al fin.

Y ahora, con la soga al cuello, hoy sí, Carlos Alberto Parreira, el DT de Brasil, pensando más en su funeral que en empatar, manda a Ronaldo a la cancha, cuando ya era demasiado tarde... Noventa minutos tarde.

Han pasado cincuenta y seis años desde entonces. En su lecho de enfermo, las manos paralizadas por la artritis —¿castigo divino?—, a la edad de ochenta y cuatro, en un hospital público de Santa Rosa, Río Grande del Sur, Claudio Tafarrel vive sus últimos días, acorralado por el error que cometió aquella tarde del 17 de julio de 1994 en la cancha del Rose Bowl de Los Ángeles.

El cigarrillo le ha contaminado los pulmones. Come poco, duerme menos. Sus ojos cansados buscan insectos en las paredes del pequeño cuarto, y le gusta imaginar que entre ellos juegan un partido de fútbol. Las arañas siempre vencen a los zompopos. Sin fuerzas como está, aún le quedan ánimos para coquetearles a las enfermeras, y, con una voz áspera, les dice cochinadas.

Un mulato enorme envuelto en una bata blanca entra al cuarto 208. Es joven. En una de sus manos lleva el expediente arrugado con el nombre del paciente. El mulato queda paralizado, y sus pequeños ojos se abren, como dos gazanias a las que les acaba de pegar los rayos del sol. Tafarrel, con la esquina de un ojo, contempla la escena. Es la mirada de un portero en un córner.

—¿Le pasa algo, jovencito? —pregunta Taffarel.

—Usted está vivo.

—Así parece.

—Es que...

—¿Qué?

—Es que debería estar ya muerto...

Los cordones de su tenis derecho están sueltos; parecen lombrices blancas.

—¿Tanto les estorbo que ya me quieren muerto?

—¿Es usted Sócrates Vieira de Oliveira? —lee el nombre que está escrito en el expediente.

—No.

—¿Y cómo carajos se llama usted entonces? —el rostro pálido.

—Cláudio André Mergen Taffarel, doctor.


...Pero no soy doctor; soy un modesto camillero que se encarga de los muertos del hospital. Disculpen mi mala educación. Permítanme que me presente. Mi nombre es Robson Da Moura y estoy tan confundido como ustedes. Acabo de entrar al cuarto 208. Del apuro, he leído mal el expediente. Sí, aquí está claro: es el cuarto 218. Queda al final del pasillo. Se trata de un error. Levanto la mano para despedirme del anciano que está en la cama, pero su voz me detiene.

—¿No sabe quién soy?

—No.

—Soy uno de los personajes más famosos del fútbol brasileño.

—En realidad no sé mucho de fútbol.

—¿No mucho?

—¿Es usted árbitro?

—¡Carajo! —se carcajea Taffarel. Abre tanto la boca, que el mulato cree que la mandíbula se la va a destrabar.

No logro comprender por qué razón mi pregunta le provoca tanta gracia, pero se retuerce en la cama, se aprieta la panza. Juraría que hasta ha orinado lágrimas. La puerta está entreabierta; no sé si quedarme o largarme. Trato de pensar, pero el espectáculo que tengo a menos de un metro de distancia me lo impide. Espero que se calme. Veo el reloj, tic, tac, tic, tac, hasta que se calma. Le preguntó qué es lo que acaba de suceder, me ve en silencio, se ríe con los ojos, imita el tono de mi voz: "¿Es usted árbitro?, ¿Es usted árbitro?", abre la boca y erupciona otra carcajada. No sé cómo lo hace, pero de pronto queda en silencio, serio. Pasa de un sentimiento a otro como quien baja de la acera a la calle. Por fin responde: "No, no, no soy árbitro... ¿Doctor...? ¿Cuál es su nombre, doctor? ¿No es doctor? ¿Camillero? ¡Válgame Dios! ¿Camillero? Vamos empatados a uno en confusiones".

Taffarel le cuenta al camillero, de quien aún no sabe el nombre, de la final del 94. Le pregunta si sabe qué es una definición por penales. Robson Da Maura se siente ofendido. No le gusta el fútbol, pero tan bobo no es. Ahora piensa que debería estar en otra habitación; ahora también piensa que el muerto no se irá a ningún lado y puede esperar. Alcanza una descolorida silla de madera  y se sienta a escuchar.

(Me sentaré en esa silla y lo escucharé).

(Parece que se quedará a escuchar mi historia).

(El muerto puede esperar).

(Mi historia es más interesante que la del muertito ese).

(A ver con qué me sale).

(Ni se imagina lo que le voy a contar).

(Bueno, ya me senté... ¿Qué espera?).

(Lo noto impaciente... ¡Aquí te va!).

Taffarel se levanta empapado en sudor. Desconcentrado, cree que está debajo de una tormenta. Pero se encuentra en la habitación de un hotel de Los Ángeles, a pocas horas de la gran final. En la otra cama, Cafú duerme con la cabeza metida debajo de la almohada. Tarda unos segundos en darse cuenta de lo que ha sucedido. No es sudor; son lágrimas. Taffarel lo ha visto todo con claridad en una pesadilla. Brasil será el campeón. Cero a cero en los noventa minutos. Cero a cero en tiempos extras. Los penales definirán al ganador. Los malditos penales.

(¿No se pudo ahorrar toda esta historia y comenzar desde los penales?).

(La curiosidad lo está matando).

(Dios mío... ¡Qué carajos fue lo que pasó!).

(¿Qué carajos fue lo que me pasó?).

(¿Quiénes son Bebeto, Mazinho, Dunga, Branco?).

(¡La que tuvo Romario! Si mete esa, ganamos).

Después de despertar a mitad de la madrugada, Taffarel fue al baño a orinar. Se acercó al lavabo y con el papel higiénico formó bolitas que representaban a los cinco tiradores brasileños y a los cinco tiradores italianos. Repasó el sueño. Entonces seremos campeones, pensó. Sentado sobre el borde de la cama, hace números con la punta de los dedos.

Ahora le cuenta la historia al camillero, que él creía que era doctor.

El camillero no le quita la vista de encima. Baresi falló. Marcio Santos también. Albertini anotó el primer penal por

Italia. Romario empató. Van uno a uno. Evani anotó. Branco anotó. Massaro disparó, pero Taffarel atajó. Dunga anotó. Van Italia 2, Brasil 3. Taffarel vio acercarse a Baggio. Baggio, el de la coleta. El diez. Un genio. Pateó, la elevó...

(¡Mierda! ¿Está llorando?).

(¡Mierda! ¡Estoy llorando!).

(¿Será que le consigo un pañuelo?).

(Que no se la vaya a ocurrir darme un pañuelo, porque se lo rompo en la cara).

(Qué momento tan incómodo).

(No hay cosa más incómoda que llorar frente un desconocido).

(El final, quiero escuchar el final. Un muerto me espera).

(Aquí te va el final. No es bueno hacer esperar a un muerto).

Pero ese partido nunca llegaría a los penales... Baggio pateó el balón, y no en penales, el balón que Taffarel dejó escapar entre sus manos para ahorrarle a Baggio la imagen más dolorosa en la historia de las finales de la Copa del Mundo.

Al portero brasileño lo querían asesinar, pero él sintió alivió, y esa noche, por primera vez en muchos años, durmió diez horas de un tirón. Se despertó por la tarde. Salió del cuarto, caminó por un largo pasillo en el que colgaban lámparas de cristal, bajó por las gradas al comedor, entró al restaurante, pasó sin saludar en medio de dos meseros vestidos como pingüinos rojos y se sentó en la última mesa, a un lado de un inmenso ventanal por el que se colaban los rayos del sol. Pidió langosta en salsa blanca, una papa cocida y una botella de vino. El mesero regresó. "El señor se hará cargo de la cuenta", señaló una mesa. Una mano lo saludaba. Taffarel lo reconoció: era Roberto Baggio. El italiano comenzó a llorar:

—Grazie, Maestro.

# EL ÚLTIMO VUELO DEL ZANATE

---

Aquella tarde, como dicen los argentinos, nos cagaron a goles. Es curioso, porque siempre he creído que los goles huelen a rosas y no a mierda. Los narradores de antes, cuando había peligro cerca de alguna portería, estrangulaban el micrófono, como al pescuezo de un pollo, y gritaban "¡Aroma de gol!", y uno cerraba los ojos, inhalaba profundo e inflaba los pulmones de un airecito que llenaba la sala de la casa con olor a rosas.

Fue un miércoles. Lo recuerdo bien, pues los martes nunca llueve en Tegucigalpa. Cualquier otro día de la semana te puede caer un aguacero de fin de mundo; pero nunca los martes. Los martes, el cielo es un espejo en el que vos podrías verte de pies a cabeza, si no fuera porque el cielo está demasiado lejos.

Entonces, quedemos que todo esto ocurrió un miércoles en la vieja cancha de La Isla, quince años antes de que el huracán Mitch la ahogara en sus bravas aguas de chocolate.

El árbitro fue el primero que quiso detener la masacre. No tenía sentido, nos dijo, que ustedes se presenten solo con siete jugadores. Y con ese gordito que ustedes tienen en punta, mejor nos olvidamos de estos y nos vamos a casa. "Ustedes" éramos mi equipo: la Escuela República de Cuba; el gordito era Aplícano, un cipote regordete de piernas cortas, algo así como nuestro Gerd Müller, pero sin gol.

Comenzó a llover antes de que el árbitro sorteara la cacha. Ahora había otro motivo para cancelar el juego. Ya no solo se trataba de evitar la humillación, sino también una empapada innecesaria.

—¿Cuántos puntos llevan ustedes, niño? —preguntó el árbitro. El agua comenzaba a caer con fuerza.

—Dos puntos —respondí.

—¿Y ustedes? —el árbitro, como un perro, se sacudió el agua.

—Veintidós… Hemos ganado todos los partidos —respondió el capitán del otro equipo.

—Van invictos —dijo el árbitro.

—Vamos invictos —dijo el capitán.

—Van invictos —confirmé.

—Primer lugar, ¿cierto? —preguntó el árbitro.

—Primer lugar —respondió el capitán.

—Primer lugar —dije.

Luego incliné mi cuerpo un poco hacia la derecha para echarles un vistazo a los jugadores rivales, pues el árbitro me estorbaba como un bosque de pinos en medio del camino. Los conté. Comencé por el portero. Luego seguí con los cuatro defensas. Luego con los tres volantes. Luego con los dos delanteros. Diez. Once con el capitán, un zurdo que se encogía cuando le llegaba el balón y se lo pegaba al pie con superglú.

Era el clásico 4-3-3 contra nuestro ultradefensivo 5-1, un

esquema al que le sobraba coraje y le faltaba talento. Aún así, pensé, vamos a jugar. Si once uruguayos fueron capaces de derrotar a doscientos mil brasileños en la batalla del Maracaná, ¿quiénes éramos nosotros para no intentar otra tarde de gloria? Claro, yo no era Obdulio Varela, pero los de la Escuela Estados Unidos tampoco eran aquella orquesta de samba del 50. Vamos a jugar, carajo, pensé, y en eso las voces del árbitro y del capitán rival me hicieron volver a la realidad.

—Y ustedes van en último, ¿cierto?

—Cierto —respondí.

—Cierto —dijo el capitán del otro equipo.

—Flaco, ¿entonces para qué vamos a jugar? —sonó la voz empapada del referí.

—¡Jugamos! —empapado, pero de confianza.

Nos permitieron elegir el lado de la cancha. Nos cedieron el balón. Fueron los dos últimos deseos a un sentenciado a muerte. ¿Qué quiere de almorzar antes de que lo ejecutemos? Un filete de res, cocido a término medio, y una copa de vino. ¿Y de postre? ¿Cómo, también hay postre? Claro que sí. Entonces un helado de pistacho, por favor. Y un par de hora después, los balazos acaban con la vida de aquel pobre miserable al que le quedó tiempo de todo, menos de hacer la digestión.

—Pssssttt, Flaco.

El Flaco era yo. Brazos y piernas de bambú, largos y sólidos, el pelo negro y brillante, como el plumaje de un zanate. Pero no es por eso que me apodaban El Zanate; era más bien por mi piel, tostada y oscurecida por tantos partidos de fútbol jugados bajo el sol. Pero aquella tarde llovía. Sonó la voz del capitán de la Escuela Estados Unidos:

—Pobre de vos, Flaco... Hoy se comen veinte —me dijo.

Ha de ser profeta —pensé—, aunque en ese entonces no conocía qué significaba esa palabra. Digo esto, porque el primer tiempo concluyó diez a cero. Es lo que en fútbol se conoce como masacre, paliza, humillación, un paseo, y agregale dos kilómetros más de adjetivos. El árbitro se acercó antes de comenzar el segundo tiempo. Nos hablaba con compasión. —Hijos —nos decía. Sí, había compasión en sus ojos, y nos lanzaba preguntas que él mismo contestaba. Era un monólogo, aunque en ese momento tampoco sabía el significado de esa palabra.

—¿Qué necesidad hay de seguir?

—Ninguna.

—¿Cómo creen que va a terminar esto?

—Mal.

—¿Cuántas veces lograron pasar de la mediacancha en el primer tiempo?

—Una.

—¿Y qué pasó?

—Nada; rápido les quitaron el balón.

—¿Saben cuánto van o ya perdieron la cuenta?

—Diez a cero.

—¿Escucharon bien?

—Diez a cero.

Sus palabras no nos convencen. O no nos convencieron, porque eso fue hace más de tres décadas, allá por 1984, el año que Francia, con Platini como figura, se coronó campeón de la Eurocopa. Estábamos decididos a jugar el segundo tiempo. Nosotros no íbamos a ser como Messi, con tu perdón, genio, que bajó los brazos, o mejor dicho, bajó las piernas, cuando apenas iban dos a uno y ya no volvió a aparecer, y lo siguiente que supimos de él es que estaba en misa de cuerpo presente, o sea, su propio cuerpo, o no era un cuerpo, sino un fantasma con los ojos derretidos, porque el Bayern iba ganando cuatro a dos, imagínate, y así tenía que regresar el Barcelona a la cancha en el segundo tiempo, con su líder entregado a ese destino fatal, y si nos ponemos a comparar, aunque dicen que las comparaciones son odiosas, a nosotros nos tenían diez a cero, así a cualquiera le daban ganas de decir hasta aquí llegamos, pero los de la Escuela República de Cuba, o por lo menos los siete que jugamos esa tarde, teníamos dos pares de testículos, así que si hacés las sumas, teníamos cuatro.

En mi memoria, todavía escucho las palabras del capitán de la Estados Unidos, con un airecito impregnado de soberbia: Flaco, ahora vienen otros diez...

Siguió lloviendo. Recuerdo la camiseta empapada, pegada sobre mi espalda y sobre mi pecho, como una sanguijuela de tela; los tacos lodosos; las medias enrolladas y pesadas alrededor de los tobillos; las gotas de sudor en los labios se mezclaban con la saliva... En medio del aguacero, nos cayeron otros tres goles.

Trece a cero.

Hasta que ocurrió un milagro.

El Ganso Soriano, el peor portero que vi en mi vida, comenzó a llegarle a todos los balones. ¡Vos lo hubieras visto, al Ganso, con su pescuezo largo, los guantes de su hermano mayor, así de malo era el Ganso, que ni guantes propios tenía, atajando todo lo que le llegaba!

No sé quién corrió la voz de este partido sin importancia. Lo que sí te puedo contar es que la gente comenzó a llegar, a pararse alrededor de la cancha, lo que me hace pensar que ya no llovía, porque nadie se va a mojar para ver un juego de la categoría infantil que no definía nada. Pero como ya te dije, este detalle no es tan importante.

—¿Cuánto van? —escuchabas decir a los aficionados.

—Trece a cero —contestaba alguien entre la multitud.

—¿Trece a cero?

—Sí...

—A este paso llegarán a los veinte.

—Eso es lo que estamos apostando.

¿Te estás imaginando? La gente comenzó a apostar. ¡El colmo! Nuestra derrota tenía un precio, así que cada atajada del Ganso Soriano provocaba murmullos, insultos, nos decían de todo, desde güirros pendejos hasta amenazas de llevarnos al DNI para que nos torturara Vilorio, y claro, yo qué iba a saber que DNI era la Dirección Nacional de Investigaciones, si ni siquiera sabía qué significaba profeta o monólogo, mucho menos Dirección Nacional de Investigaciones, que de investigación como que no era mucho, porque por allí leí un tiempo después, ya cuando llegué a la universidad, que las confesiones las sacaban con choques eléctricos en los huevos, y así cualquiera canta hasta rancheras, porque una cosa es decir Patria o Muerte, y otra que te pongan unos cables en las bolas, para qué, pero yo todavía ignoraba todo eso, y también ignoraba que el tal Vilorio era un gigante que a puro rostro paralizaba al más pintado, con aquella carota que se parecía a uno que sale en El Padrino, ¿te acordás?, aquel que era el matón de Don Corleone, se me escapa el nombre, uno al que le clavan un cuchillo en la mano... ¡Luca Brasi! Hombre, por fin me acordé, pues así era Vilorio de grande, casi de dos metros, solo imaginate la pata que se cargaba, te destripaba las bolas con la punta del zapato, que era casi como del tamaño de una lancha, no te miento, pero a los de la República de Cuba nos importaba un caro eso de la DNI o el mentado Vilorio, por algo decía El Negro Jefe que los de afuera son de palo, y seguíamos trece a cero, nosotros sin salir del área, y el Ganso Soriano ya no era el Ganso Soriano, sino El Águila Soriano, y para no hacerte más largo el cuento, o el relato, porque cuento huele a mentira, a invento, el referí pitó el final del partido, y algo pasó en ese momento, porque los siete de la Escuela República de Cuba nos abrazamos y dimos vueltas y brincos, como un carrusel de caballitos, con una felicidad que no volví a sentir en mi vida. ¡Trece a cero, trece a cero! gritábamos, en la celebración de nuestra propia derrota.

Yo me sentía pletórico, aunque debo confesar que en aquel momento tampoco conocía el significado de esa palabra.

# MESSI, CERRÁ UN RATO LOS OJOS

Papá, mejor vámonos a casa y jugamos un rato en el patio. Entre las ramas del árbol de mangos quedaron las pistolitas de madera. Vos me lo prometiste. ¿Te acordás? Me dijiste que si me portaba bien en el almuerzo y me comía todo el arroz chino íbamos a jugar a los ladrones y a los policías. Me lo comí todo y te cumplí. Hasta unos pedacitos de ajo y el brócoli me zampé. Ahora ya es hora que nos vayamos. Vámonos, papá, levantate. ¿Por qué seguís tirado en la calle? Ahora quiero que jugués conmigo y no con esos cuatro amigos enmascarados tuyos que se bajaron de un carro y te dijeron Ajá, Alex, así te queríamos agarrar, sapo. Y vos les dijiste que aquí en la calle no, que ando con mi hijo, tengan un poco de piedad, aunque sea por los viejos tiempos. ¿Piedad? ¿Qué significa esa palabra, papá? Vos me tenías en tus brazos y no me querías soltar, y les dijiste que mejor otro día, por favor, se los ruego, otro día, ustedes saben dónde me pueden encontrar. Pero uno de tus amigos, el más grande y gordo, se puso furioso y me jaló del brazo, y a vos te entró una gran tristeza en los ojos; me imagino que ha de haber sido porque tus amigos no querían que yo jugara a los ladrones y los policías. No me querías soltar. Me abrazaste. Lo hiciste con mucha fuerza y me dijiste Hijo, no olvidés que sos lo más bello que hay en mi vida, y creo que comenzaste a llorar, aunque ahora que lo pienso, vos nunca has sido hombre de lágrimas; si ni siquiera cuando se murió el abuelo te vi llorar. Creo que fue más bien porque a esta hora pega fuerte el sol aquí en San Pedro Sula, y segurito fue por eso que se te aguaron los ojos. Por el calor. Por el sol. Por ese vapor que le da cachetadas a uno en la cara y deja sus marcas rojas en las mejillas. La calor, como decís vos, y la abuela siempre te corrige. Que no se dice la calor, muchacho; se dice el calor. Por eso pusiste el aire acondicionado cuando subimos al carro, por ese calor de la una de la tarde, pero apenas logramos sentir un poco del airecito helado que salió de los hoyitos del tablero, porque antes de arrancar llegaron tus amigos y comenzaron a dispararle a las cuatro llantas. Yo di un brinco del susto, pero después me dio tristeza, porque ya no ibas a jugar conmigo. Ustedes los adultos juegan diferente. No es como cuando vos y yo jugamos, que nos reímos y apuntamos las pistolas de madera y con la boca hacemos ese ruido de pam, pum, pam, pum. Yo hago pam, vos hacés pum. Las pistolas de tus amigos suenan diferente. Bum, bum, bum, bum, sonaron, como morteros de fin de año, y en eso uno de tus amigos abrió la puerta y te agarró del brazo, pero antes de que te sacara del carro, vos me jalaste y casi nos caemos al pavimento, y allí fue cuando se acercó uno de ellos y gritó Ajá, Alex, así te queríamos agarrar, sapo. Parece que tus amigos no entienden las reglas del juego de ladrones y policías, papá. O son tontos o son unos tramposos, porque primero hay que decir Yo soy el policía, y el otro responde Entonces yo soy el ladrón, y el que es ladrón hace como que está robando algo, y en eso llega el que es policía y con la boca hace una bulla como la sirena de una patrulla, y el ladrón sale corriendo, el policía lo persigue, y empiezan los disparos, pero tus amigos comenzaron a jalarme de los brazos, y uno de ellos, el más pequeño y flaco, el que llevaba puesta una gorra del Barcelona, te dijo Alex, soltá al niño, que es a vos que queremos, no compliqués más las cosas. Y vos le gritaste que No lo voy a soltar, y él te respondió Lo tenés que soltar, porque si no también el niño se va a ir en la balacera. Allí me di cuenta que este juego era distinto. Yo les hubiera dicho que así no se juega, porque eran cuatro contra uno, y que vos no tenías tu pistola de madera, mientras que ellos andaban unas que parecían de verdad, como aquellas que vimos la vez pasada en una juguetería del mall, pero que no me pudiste comprar porque me contaste que acababas de gastar un chorro de dinero en un abogado. Yo insistí, y vos te enojaste y me dijiste Ya te dije que no, que gasté una fortuna para que el abogado me sacara de la cárc... Y te callaste. Te pregunté qué ibas a decir, y tu respuesta fue que nada. ¿Seguro, papá? Seguro, hijo, me dijiste, y solo te alcanzó dinero para comprarme un helado de pistacho. Pero vos no me querías soltar, y ya no empezó a gustarme el juego, pues uno de tus amigos, el más grande y gordo, te dio un puñetazo en la cara y te gritó Que lo soltés, hijo de puta, o le vuelo también a él la cabeza de un plomazo. Y vos que no, que no me ibas a soltar, y en eso me fijé que las personas que venían caminando por la acera se detuvieron de repente, y sus ojos asustados parecían pequeñas bocas que se abrían, así, aggggg, como cuando uno le va a dar una mordida a una hamburguesa, y encogieron los hombros, como cuando empieza a llover y uno se hace chiquito, ja, ja, ja, qué brutos que somos, porque igual nos mojamos, aunque nos hagamos enanos, con la cabeza escondida entre los hombros. Eso fue algo que también me extrañó, porque no estaba lloviendo, sino que más bien hacía ese calor perro de San Pedro Sula. No me vayás a regañar, porque varias veces me has dicho que es malo jurar, pero te juro que les iba a decir que eran unos tramposos, pero esas máscaras que andaban me dieron miedo. Por eso me quedé callado. Vos me abrazaste con tantas fuerzas que sentí que se me quebraban los huesitos, y de repente empezaste a gritar ¡No, no me lo quiten, por favor! ¡Hijo, te amo, te amo! ¡Piedad, tengan piedad! ¡Aquí no, en la calle no, vayan a buscarme más tarde al taller! Vos y yo jugamos distinto. No decimos palabrotas como esas que dijo otro de tus amigos, el que andaba la gorra del Barcelona, que le decía al otro, al grande y gordo, ese que te dio el puñetazo, ¡Quebrá ya a este hijueputa, mirá que ya se está llenando la calle de curiosos y no tardan en llegar los chepos! Pero el grande y gordo ya estaba más tranquilo y le respondía ¡Calmate, no jodás, no te pongás crazy, que a este man lo pelamos porque lo pelamos, pero hasta que suelte al niño! ¡Y por qué tanta paja, apurate! —le gritaba el de la gorra del Barcelona—, yo pensé Ah, a lo mejor este amigo de mi papá está enojado con nosotros, porque sabe que mi papá le va al Real Madrid, y a los del Barcelona les duele que nosotros tengamos cuatro Champions en cinco años. A mis compañeros de escuela eso los purga, porque cada vez que me gritan ¡Messi, Messi, Messi!, yo les respondo The Championnnnnssssss, y hago la musiquita de La Champions, y para qué, se ponen furiosos, y el aula parece una gradería del Santiago Bernabéu, y allí qué nos va a interesar cuántos ríos tiene Honduras, o en qué año fue que Colón descubrió América, porque vuelan las bolitas de papel, hasta que la maestra pone orden y amenaza con mandarnos a todos a la dirección. Eso pensé: este ha de estar enojado con mi papá por las cuatro Champions y por eso quiero matarlo ya y que se acabe el juego. Es que Messi podrá ser muy bueno, pero CR7 es una bestia. Me gusta cuando grita Siiiuuuuuu, aunque mi papá dice que CR7 es un traidor porque que se fue a la Juventus, y yo le digo que no es cierto, que el Ragazzo Agulla y Ricky Ortiz dijeron en la transmisión del domingo en ESPN que fue culpa de Florentino Pérez, porque  no quiso darle unos milloncitos más para que se quedara. Florentino es el culpable, solo mirá cómo está tratando de mal a Marcelo y a Keylor. ¡Imaginate que a esos dos monstruos los tienen en la banca! Y el Solari ese no es muy vivo que se diga, ¿verdad, papá? En todo eso pensaba, mientras los hoyitos de los cañones de las pistolas que te apuntaban se movían como cuatro moscas inquietas, y el de la gorra del Barcelona continuaba de necio, y como el otro no disparaba, o sea, el más grande y gordo, el de la gorra juró que entonces él sí iba a jalar el gatillo, porque huevos era lo que más le sobraba, y que la orden era ajustar cuentas con este hijueputa soplón. Yo era un muñeco de trapo en las manos de aquellos hombres que me jaloneaban de los brazos, de las piernas, de la camisa. La verdad es que ese juego ya no me estaba gustando. Lo único que yo quería era jugar a los policías y los ladrones, pero con vos, y no con esos cuatro amigos que seguían apuntando con sus pistolas y gritaban palabrotas. Otro de tus amigos me dijo Niño, soltate un rato, por favor, que tenemos que hablar unas cosas con tu papá. Solo tenés que cerrar los ojos y taparte los oídos, así me dijo, y fue entonces que pensé que a lo mejor no era de ladrones y policías que querían jugar, sino a las escondidas. Pero creo que tampoco le entendían a las reglas de las escondidas, porque a las escondidas alguien se tiene que poner contra la pared, las manos frente a la cara, como si se tapara de la luz, y cuenta del uno al diez y grita ¡Voy!, y comienza a buscar a los demás jugadores. Vos y yo preferimos jugar a los ladrones con nuestras pistolitas de madera, y dispararnos, vos tirado sobre la grama y yo escondido detrás del árbol de mangos… Qué ricos los mangos con sal y pimienta, ¿verdad, papá? Si hasta me da cosquillitas ácidas acá en la boca, pero vos siempre de loco, no te los comés, sino que agarrás los mangos y me los tirás ¡Granadas!, gritás, y hacés ruidos con la boca, ¡Bam! y yo respondo ¡Pam, pam, pam!, porque así suenan los disparos de mi pistolita de madera, y los tuyos son ¡Pum, pum, pum!, porque decís que es de fabricación rusa, hasta que llega mi mamá de aguafiestas y nos dice que nos callemos, porque mi hermanita está dormida. Me hubiera gustado que mi mamá estuviera con nosotros para que también callara a tus amigos enmascarados. Que les dijera ¡Silencio!, a los que estaban gritando, especialmente al de la gorra del Barcelona y a ese otro que que insistía en jugar escondite conmigo y me decía que cerrara los ojos y me tapara los oídos. Ya te imaginás que hubiera andado mi mamá, con esa cara que pone a las diez de la noche, como las rostros de piedra de las estelas mayas que salen en mi libro de historia, uy, que da más miedo que las máscaras de tus amigos, cuando nos dice que dejemos de jugar, que ya es tarde y que la bebé está dormida, y que después los vecinos le ponen quejas de que no pudieron dormir por culpa del pam, pum, pam, pum, y que además el sereno me puede hacer daño y que más tarde es aquel gran gasto en las medicinas. Pero mamá está en casa esperando a que le llevemos el almuerzo. Solo queremos hablar un rato con tu papá. Somos aleros. Messi, vos solo cerrás los ojos y tapate los oídos —escuché que me decían—. Vos ya no me decías nada. Como que la garganta se te cansó de tanto suplicar y no le pudiste aclarar que no me llamo Messi. Solo me seguías abrazando fuerte, y de repente sentí que me volvieron a agarrar de los pies y me sacudieron de arriba abajo, como las sábanas que la abuela cuelga en el tendedero del patio. Messi, soltate un ratito, cerrá los ojos y tapate los oídos —me volvieron a decir—. A todo eso, yo no sabía si vos, papá, jugabas de ladrón o de policía. Quise recordarles las reglas del juego, pero los gritos de sus amigos no me dejaron. Disparale, loco, qué esperás, volvió a gritar el de la gorra del Barcelona. "Perate", man, "perate", ¿no ves que está el niño? —respondía el más grande y gordo. Y llegó otro de tus amigos, uno que casi no hablaba, y me agarró de los brazos y me los estiró, y yo más confundido que nunca, porque parecían que iban a hacerme la estrellita, y ese juego nunca me ha gustado, porque parece de niñas, y yo ya voy a cumplir diez años, y en un abrir y cerrar de ojos me hago hombre y te voy a poder acompañar en tus viajes por avioneta a La Mosquitia y a Colón con aquellos amigos tuyos que me regalaron una camiseta de la selección de Colombia y una peluca de un señor que se llama el Pibe Valderrama. También me lo prometiste, ¿te acordás? Pero esto de la estrellita no me gustó. Y por fin me lograron arrancar de tus brazos, y allí fue que sonó aquel tra, tra, tra, y ahora lo único que quiero es que te levantés de la calle y te limpiés la camisa y nos vayamos a casa a jugar de ladrones y policías en el patio. En el árbol de mango están las pistolitas de madera. Vos me dijiste que las dejara allí. ¡Tra, tra, tra, tra! —se regresó uno de tus amigos para dispararte de nuevo. De verdad, esto ya no me está gustando. Ahora estás tirado en el suelo. Te hablo y parece que no me ponés atención, y además tenés la camisa manchada de rojo. ¿Es sangre? ¿Te salió sangre de la nariz por culpa de la calor... del calor? Acordate que a veces a mí también me sale sangre, y mi mamá me pone hielo sobre la frente y me dice que eche la cabeza hacia atrás. ¿Papa, por qué no me respondés, por qué? ¿Por qué tenés los ojos fijos en el cielo? ¿Estás jugando a encontrar figuritas en las nubes? En eso siempre me has ganado; vos encontrás elefantes, caballos, estrellas. La vez pasada hasta dijiste que veías a Mickey Mouse, pero por más que eché ojo nunca di siquiera con las orejas del ratón. Hoy no hay nubes. El cielo es un enorme techo pintado de celeste, limpio, así que no entiendo por qué no le quitás los ojos de encima. Haceme caso, papá, el juego ya terminó, tus amigos se fueron. ¡Vámonos, papá! De verdad, esto ya no me está gustando. Hay mucha gente alrededor de nosotros, algunos lloran, otros me quedan viendo medio raro, otros toman fotografías y gritan ¡Última hora, última hora, un nuevo hecho violento en la ciudad de San Pedro Sula! Una señora recoge de la calle la cajita con el arroz chino que compramos para mamá. ¿Por qué seguís tirado sobre el pavimento? Tus amigos ya se fueron, y estoy medio nervioso y también estoy algo enojado, porque eso de que me dijeran Messi, Messi, cerrá un rato los ojos y tapate los oídos, no me gustó, porque yo, como vos, papá, le voy al Madrid. Mejor me hubiera dicho CR7, no importa que ahora juegue en la Juventus. A lo mejor es que todos los amigos de mi papá van con el Barcelona, pensé, cuando de repente escuché el grito de ¡Hoy sí, muchachos, acaben con este sapo! Cerré los ojos, me tapé los oídos, pero aún así pude escuchar ese tra, tra, tra, tra, abrí los ojos y vi que tus cuatro amigos, papá, comenzaban a correr, pero uno de ellos se regresó y volvió a dispararte, tra, tra, tra, dio la vuelta, corrió y se subió al carro, y ahora es que los policías me preguntan si les vi la cara. Vos suspiraste y luego te fuiste poniendo triste y engarrotado. Yo igual me siento triste, porque vos no te levantás y ya quiero irme para la casa a jugar de ladrones y policías, y aquí todos lloran y los policías, los de verdad, no dejan de preguntarme cosas. Vaya, papá, vámonos a casa.

## AGRADECIMIENTOS

A mi hermano, el escritor Dennis Ávila, por robarle tiempo
a Pao, Naín y Bebé, para editar estos relatos

A don Mario Hernán Ramírez, un amigo extraordinario

A la familia Urbina López

A mis amados suegros, José Roberto y Francis

A Julio Medina, amigazo y maestro

UNIÓN
EDITORIAL
CENTROAMERICANA

Impreso en Estados Unidos
para Casasola LLC
Primera Edición
MMXXII ©

xxxxmmxxi